KB123784

로크미디어가
유혹하는
재미있는 세상
ROK
MEDIA
로크미디어

만렙닥터 리턴즈

만렙 닥터 리턴즈 16

2023년 3월 15일 초판 1쇄 인쇄
2023년 3월 20일 초판 1쇄 발행

지은이 13월생
발행인 강준규

기획 이기헌 왕소현 박경무 강민구 조익현
책임편집 주현진
마케팅지원 이원선

발행처 (주)로크미디어
출판등록 2003년 3월 24일
주소 서울시 마포구 마포대로 45 일진빌딩 6층
Tel (02)3273-5135 **Fax** (02)3273-5134
홈페이지 rokmedia.com **E-mail** rokmedia@empas.com

값 9,000원

ISBN 979-11-408-0766-6 (16권)
ISBN 979-11-354-7400-2 04810 (세트)

작가와의 협의에 의해 인지는 생략합니다.
잘못된 책은 구입처에서 바꾸어 드립니다.

ROK MEDIA
로크미디어
만렙 닥터 리턴즈
13월생 현대 판타지 장편소설
16

Contents

소아외과 전문의 윤이나 (2)

전국에 51명밖에 없는 소아외과 전문의.

그마저도 수도권에 절반 이상이 몰려 있을 만큼, 소아외과 분야는 열악한 환경이었다.

그나마 연희대병원은 조금 나은 상황이긴 했으나, 대부분의 병원에 소아외과 전문의는 귀했다.

광주 전남만 하더라도 소아외과 전문의가 한 명 존재할 뿐이었기에, 환자들이 비행기를 타고 서울로 와 진료를 받을 수밖에 없는 형편이었다.

그런데 존스홉킨스에서 근무하던 윤이나가 연희대 부속병원에서 근무하게 된 것.

동일한 병일 때 소아 환자가 수술을 받을 경우, 일반외과 전문의가 수술할 경우에 비해 소아외과 전문의가 수술할 경우 성공 확률이 두 배나 높다.

그만큼, 소아 환자에게 있어 소아외과 전문의는 절대적으로 중요한 존재였다.

분명 소아는 성인의 축소판이 아니라는 말이 있듯이, 동일한 병을 앓고 있다 할지라도 소아는 분명 성인과는 그 차원이 달랐다.

언론에 그 소식이 알려지자 입소문을 타고 어린 환자들이 연희대 부속병원으로 몰려들기 시작했다.

연희대 부속병원 소아과 병원, PICU(소아 중환자실).

웅성웅성.

무슨 일이 생겼는지 소아외과 레지던트들이 이리저리 바쁘게 움직이고 있었다.

"아니에요. 업도미널 디컴프레션(복부감압)은 아니고요!"

"지금 아기 복부의 복강 내압이 높잖아요. 바로 천자를 해야 하는 것 아닌가요?"

급격히 상태가 악화된 신생아. 레지던트들이 심각한 표정으로 의견을 나누고 있었다.

"어제까지는 괜찮았거든요?"

하지만 뭔가 의견 일치가 되지 않는지, 레지던트들이 서로의 의견을 내세우며 아웅다웅하고 있었다.

그렇게 레지던트들의 의견이 엇갈리고 있을 즈음, 윤이나가 소아 중환자실로 내려왔다.

그러고는 신생아의 상태를 살펴보는 윤이나.

"교수님, 오셨습니까?"

그러자 레지던트들이 그녀에게 정중하게 인사했다.

"네, 아기 상태는 좀 어떻습니까?"

윤이나가 가볍게 묵례를 하고 나서 아기의 상태를 물었다.

"네. 어제까진 나쁘지 않았는데, 아침에 갑자기 어피니아 네오네토룸(무호흡)이 오더니, 브라디카디아(서맥)에 저체온, 혈변을 동반한 설사가 심해졌습니다."

레지던트 2년 차, 지소연이 윤이나에게 신생아의 상태를 설명했다.

"Necrotizing enterocolitis of fetus and newborn(신생아 괴사성 장염)이네. 맞나요?"

이미 환자의 상태를 어느 정도 확인하고 온 윤이나였다.

"그렇습니다."

"복막염은?"

"아직 거기까지 간 건 아닌 것 같습니다. 어떡하죠?"

"뭘 어떻게 해요? 수술해야죠. 이렇게 놔뒀다가는 복막염을 시작으로 장 천공에 의해 쇼크까지 올 수 있어요. 바로 수술 들어갑시다."

각종 모니터에 나타나는 수치들을 꼼꼼히 살펴보던 마침내 윤이나가 담담한 표정으로 말했다.

잔뜩 긴장한 레지던트나 펠로우들과는 사뭇 다른 여유로운 표정이었다.

"네, 알겠습니다. 지금 당장 수술방 잡도록 하겠습니다."

"아뇨. 제 생각엔 여기서 바로 수술하는 것이 좋을 것 같네요."

"여, 여기에서요? 괜찮을까요??"

펠로우 윤희상이 걱정스러운 표정을 지었다.

"아기 상태가 별로 좋지가 않아요. 괜히 수술방으로 옮긴다고 시간만 잡아먹을 것 같아요. 바로 여기서 시작합시다. 준비해 주세요."

"아, 알겠습니다."

그리고 곧바로 소아 중환자실에서 응급수술이 시작되었다.

신생아 괴사성 장염.

굉장히 무서운 병이었다.

신생아의 결장에 장 세포가 죽어 가는 염증으로 인한 병이었다.

미숙아로 태어난 아이에게 주로 생기는 병으로, 심하면 패

혈증, 무호흡, 급성 호흡부전으로 사망에 이를 수 있었다.

신생아 괴사성 장염임이 확인된 상황, 응급수술은 불가피했다.

"아기 상태가 많이 안 좋습니다! 수술 도중에 혈압이 급격히 떨어질 수도 있고, 조금만 출혈이 생겨도 위험해질 수 있어요. 정신 바짝 차려야 합니다."

윤이나가 단호한 표정으로 의료진에게 경각심을 주었다.

"네, 교수님!"

"수술은 40분 이내로 짧게 끝내도록 하겠습니다."

"4, 40분이라고요?"

쉽지 않은 수술임을 잘 알고 있는 의료진이었기에 의아하지 않을 수 없었다.

"네. 아기 상태가 안 좋아서 수술 시간이 길어지면 길어질수록 부작용이 심해요. 최대한 집중합시다!"

자신감에 차 있는 그녀의 눈빛. 그렇다고 긴장의 끈을 놓은 건 절대 아니었다.

"네, 알겠습니다."

"간호사님, 나이프 주세요!"

수술 준비를 모두 마친 의료진. 수술복으로 갈아입은 윤이나가 마침내 집도를 시작했다.

"네, 교수님, 여기 있습니다."

간호사가 윤이나의 손에 나이프를 쥐여 주면서 수술이 시작되었다. 결코 쉽지 않은 수술이었다.

윤이나가 조심스럽게 아기의 복부에 나이프를 가져다 대자 선홍색 피가 조금씩 배어 나왔고, 간호사가 거즈를 들어 배어 나오는 피를 닦아 냈다.

"보비!"

"네, 여기 있습니다."

치지지직, 연약한 신생아의 조직에 보비를 가져다 대자, 연기가 피어오르며 살 타는 냄새가 코끝을 자극했다.

성인 남자 손가락 직경보다 작은 신생아의 장. 그 작은 장을 절개해 썩어 들어간 장의 일부분을 잘라 내고 인공항문을 만들어 주는 수술이었다.

경험이 별로 없는 써전이라면 힘들었을 수술.

하지만 존스홉킨스 최고의 소아외과 전문의인 윤이나의 손끝은 섬세하면서도 정확했고, 거칠 것 없으면서도 정교했다.

"제발! 제발 채아야! 힘을 내!"

혹시 모를 상황에 대비해 수술방에 참석한 이정은 선생. 그녀는 신생아의 담당 주치의였다. 이정은 선생은 양손을 모아 기도하는 듯 간절한 표정을 지었다.

모든 의료진 역시 이 어린 생명이 끝까지 잘 버텨 주기를 바라는 마음으로 윤이나의 손끝에 시선을 고정하고 있었다.

잠시 후.

“끝났습니다! 모두 수고했어요.”

그렇게 수술이 시작된 지 40여 분, 여러 의료진의 우려에도 불구하고 수술은 완벽하게 끝날 수 있었다.

하아!

윤이나의 끝났다는 말에 의료진이 일제히 안도의 한숨을 내쉬었다.

윤이나의 수술은 완벽했다. 그녀의 정교한 손놀림으로 절제 부분을 최소화할 수 있었고, 인공항문 역시 성공적으로 잘 부착할 수 있었다. 수술은 대성공이었다.

“환자 바이탈 어떻습니까?”

수술을 마친 윤이나가 마취과 선생에게 물었다.

“네, 양호합니다! 교수님, 최고십니다!”

마취과 선생이 윤이나를 보며 엄지를 치켜세웠다.

“아기가 씩씩하게 잘 버텨 줘서죠. 제가 한 건 별로 없습니다. 다들 고생 많으셨어요.”

윤이나가 수술 성공의 공을 아기에게 돌렸다.

“네. 고생 많으셨습니다, 교수님!”

“네. 아직 안심할 단계는 아니고, 상황은 좀 더 지켜봅시다. 채아가 워낙 미숙아라 주의 깊게 살펴봐야 해요. 저 이만 나가 봐도 되죠?”

윤이나가 수술 가운을 벗어 쓰레기통에 넣으며 당부했다.

"넵! 마무리는 저희가 하겠습니다."

근심이 가득했던 의료진의 표정이 한결 편해진 듯 보였다.

연희병원에서 윤이나의 첫 수술은 이렇게 성공적으로 마무리될 수 있었다.

수술을 마치고 나온 윤이나가 대기실에서 기다리고 있던 신생아의 부모님을 만났다.

그녀의 모습이 보이자 득달같이 달려오는 부모들.

"교, 교수님! 우리 애는요?"

아이의 안부를 물어보는 아기 엄마의 목소리가 파르르 떨렸다.

"수술은 잘 끝났습니다."

"하아, 가, 감사합니다. 정말 감사합니다, 교수님!"

수술이 잘 끝났다는 말에 다리에 힘이 풀렸는지, 아기 부모들이 휘청거렸다.

"우리 채아한테 고맙죠. 조금 힘든 수술이었지만, 우리 채아가 너무나 씩씩하게 잘 버텨 줬어요. 그래서 수술도 성공할 수 있었습니다."

"네네. 정말 고맙습니다! 고맙습니다!"

자신의 아기를 살려 준 사람. 지금 이 순간 그들에게 윤이나보다 고마운 사람은 없었으리라.

"네. 하지만 아직 완전히 회복된 건 아니고, 아이 상태가 워낙 좋지 않아서 조금 더 지켜보긴 해야 할 겁니다."

"네네. 저희는 선생님만 믿겠습니다."

환자 가족에 있어서 의사는 늘 그렇듯, 지금 그들에게 윤이나는 절대적인 존재일 수밖에 없었다.

"다만, 확실한 건 우리 채아는 이번에도 잘 버텨 내리라는 거예요. 두 분은 정말 씩씩한 따님을 두셨습니다. 축하드려요. 그러면 나중에 다시 뵙겠습니다."

"감사합니다. 정말 감사드립니다!"

아기 부모가 윤이나에게 몇 번이고 인사하고 또 인사했다.

그날 밤, 윤이나 교수 연구실.

모든 수술이 끝나고 채아의 상태가 좋아지자, 레지던트 2년 차 지소연이 윤이나를 찾아왔다.

손에는 도넛과 아메리카노를 들고 말이다.

"교수님, 감사합니다."

"호호호, 저는 지 선생 감사 인사보다, 지 선생 오른손에 들려 있는 그게 더 반가운데요? 그게 뭘까요? 혹시 먹을 건가요?"

윤이나가 턱짓으로 지소연의 오른손을 가리켰다.

"이거요? 네! 교수님 드리려고 사 온 건데, 좋아하실지 모르겠네요?"

지소연이 쑥스러운 듯 들고 있던 도넛을 윤이나에게 내보였다.

"어머, 어머! 이거 도넛이잖아요?"

도넛을 확인한 윤이나의 눈이 커졌다.

"네, 좋아하세요? 오늘 고생하셔서 당 보충하시라고 사 온 건데."

"큭큭큭, 없어서 못 먹죠! 저 도넛 귀신이에요. 하나 먹어 봐도 되나요? 그렇지 않아도 출출했는데."

윤이나가 도넛 상자를 보며 눈을 빛냈다.

"그럼요! 교수님 드시라고 사 온 건데요. 다행입니다, 좋아하셔서."

"그래요. 우리 같이 먹을까요?"

"네, 교수님!"

그렇게 두 사람은 도넛과 커피를 나눠 마시며 수다를 떨기 시작했다.

"오늘 중환자실에서 바로 수술하신다고 해서 깜짝 놀랐어요."

"호호호, 그래요?"

"네, 머릿속이 하얘지더라고요. 마취과에는 어떻게 연락

하나, 수술방은 언제 어레인지하나, 부모님들한테는 뭐라고 말하나……. 하아, 진짜 막막하더라고요."

후우, 지소연이 오늘 수술을 상기하며 가슴을 쓸어내렸다.

"그럴 수도 있겠네요."

"그럼요! 저 진짜 가슴이 조마조마했어요."

"그랬군요. 그래서 그렇게 울먹였던 거예요?"

"헤헤, 보셨어요? 오늘 채아처럼 아이가 갑자기 나빠지면 정말 어떻게 해야 할지 모르겠어요. 덜컥 겁도 나고, 아무 생각도 안 나고, 그리고 다리도 막 후들거리거든요."

"괜찮아요. 저도 그랬어요."

윤이나가 지소연을 보며 미소 지었다.

"정말요?"

"그럼요! 전 지 선생보다 더 심했는걸요? 나이프를 거꾸로 쥐어서 손을 베인 적도 있었다고요. 여기 보세요. 아직도 자국이 남았죠?"

윤이나가 지소연에게 오른쪽 손바닥을 내보였다.

"어? 진짜네요? 정말 나이프에 베이신 거예요?"

"네네. 오늘 채아처럼 장 괴사 환자였는데, 어찌나 당황했던지……. 지금도 그날만 생각하면 어휴!"

윤이나가 고개를 절레절레 흔들었다.

"교수님도 그러시구나."

"교수라서 그런 게 아니라, 사람이라서 그래요. 우리도 의사이기 전에 사람이잖아요. 꺼져 가는 생명 앞에서 어떻게 냉정해질 수 있겠어요. 그러면 사람 아니지."

호호호, 윤이나가 도넛을 한 입 베어 물었다.

"그럼 교수님도 오늘 무서우셨나요?"

"그럼요. 엄~청 무서웠죠. 그냥, 안 그런 척할 뿐이에요. 속으론 제발 아무 일 없어라! 제발 아무 일 없어라! 빌고 또 빈답니다."

"아……."

"그러니까, 창피해할 것 없어요. 그러면서 조금씩 조금씩 나아지는 거랍니다. 우리 같이 파이팅해요!"

"네! 교수님!"

윤이나가 가볍게 주먹을 쥐어 보이자 지소연이 환한 웃음으로 화답했다.

"우리 앞으로 잘해 봐요. 오늘 저 지 선생 보고 감동 먹었잖아요. 환자를 사랑하는 마음, 그 마음이 정말 예뻤어요."

"어휴, 아니에요. 제가 무슨."

지소연이 민망한 듯 연신 손을 내저었다.

"음, 그럴 필요 없어요. 그건 원래 타고나는 거니까, 지 선생은 의사가 갖춰야 할 가장 중요한 덕목을 갖춘 거랍니다. 수고하셨다고 말하는 선생들은 많았지만, 지 선생처럼 내게 감사하다는 말을 하는 의사는 드무니까."

"어휴, 몸 둘 바를 모르겠네요. 저도 교수님을 모실 수 있

어서 영광입니다!”

고함 교수가 김윤찬에게 그랬던 것처럼.

김윤찬이 장영은, 진순남에게 그랬던 것과 같이.

윤이나가 자신의 제자로 지소연을 낙점하는 순간이었다.

기적

고함 교수 연구실.

"교수님, 이제 곧 지은이 인공 심장 교체해야 하는 것 아닙니까?"

고함 교수가 연희병원을 떠나기 전 마지막으로 봤던 환자, 정지은.

아직 사람이라고 할 수 없을 만큼 작은 여자아이였다.

세상에 나오면서부터 힘겨운 병마와 사투를 벌어야 했던 아기 천사.

1.8kg 미숙아로 태어나, 인큐베이터에서 그 가녀린 생명을 유지해야 했던 아기.

그러나 생후 2개월부터 아이의 심장은 이상해졌다.

원래 그리 좋지 않았던 심장이 악화되었던 것. 아기의 배는 점점 불러 왔고, 결국엔 심장이 고장 나 버렸다.

병명은 특발성 제한 심근병증. 특발성이란 말에서 알 수 있듯이 원인을 알 수 없는 희귀병이었다.

지은이는 정상적인 아이에 비해 심장 기능이 15%밖에 남지 않은 상황이었다.

심장이식 말고는 답이 없는 상태. 아니 심장이식을 한다 해도 살려 낼 확률이 매우 낮은 환아였다.

하지만 고함 교수는 끝까지 그 아이를 포기하지 않았다.

고함 교수는 지은이를 살리기 위해 불철주야 헌신했다.

방법은 오직 하나, 몸 밖 인공 심장(체외 심장)을 달아 주는 것.

일단 체외 심장을 달고 버티다가, 뇌사자 심장이 나오면 심장이식 수술을 할 생각이었다.

다행히 체외 심장을 다는 수술에 성공할 수 있었다.

그 이후 450일이란 시간이 흘렀고, 체구가 자란 지은이는 체외 심장을 교체해야 할 시기가 왔다.

"그렇지."

고개를 끄덕이는 고함 교수의 표정이 매우 어두웠다.

"걱정하시는군요."

체구는 물론이고 체력도 떨어져 있는 가녀린 생명. 여러 부작용이 우려되었기에 체외 심장을 다는 것도 매우 조심스

러운 일이었다.

그렇다면 체외 심장을 교체하는 것도 쉽지 않은 일. 이를 잘 알고 있는 김윤찬이었기에 고함 교수의 심정을 이해할 수 있었다.

"뭐. 그래도 어차피 해야 할 일 아닌가? 이식할 심장이 없으니, 이 방법밖에 더 있겠어?"

"네. 그때도 씩씩하게 버텨 냈으니, 이번에도 잘 버텨 낼 겁니다."

"그래. 지금도 기억이 생생해. 그 어린것이 내 손가락을 꽉 잡더라고. 살려 달라고 말이야."

지난날을 회상하는 고함 교수의 눈이 젖어 들었다.

"그럼요! 그래서 교수님이 살려 내셨잖아요. 이번에도 큰 문제 없이 잘 버텨 낼 겁니다."

"제발 그래 줬으면 좋겠군."

여느 때와는 달리 신중한 태도를 보이는 고함 교수였다.

"그나저나 최근에 소아 인공 심장 기계가 나왔는데, 그걸 좀 고려해 보시는 건 어떨까요?"

김윤찬이 조심스럽게 물었다.

지금까지 성인의 경우는 인공 심장을 이식할 수 있었으나, 소아 인공 심장의 이식은 기계가 없어 불가능한 상황이었다.

하지만 최근에 독일에서 기계가 개발됨으로써, 소아의 경우에도 인공 심장 이식이 가능해졌다.

"음, 나도 그걸 고려하지 않은 건 아니야. 하지만 수술에 성공한다는 보장도 없고, 일단 비용이 만만치가 않아."

"네에, 그렇긴 하죠. 대략 2억 원 안팎의 비용이 필요하고, 향후 뇌사자 심장이 나와 이식수술을 하게 되면 그만큼 비용이 추가될 테니까요."

"그래. 내가 알기론 지은이 부모들 형편이 그리 넉넉하지 않은 걸로 알아. 기계를 달 형편이 못 될 거야. 지금 당장 지은이 체외 심장 교체하는 비용도 마련이 될지 안 될지 모르거든."

"음, 일단은 우리 병원 소아 심장병 재단 쪽에 지원이 가능한지부터 제가 알아보겠습니다."

"아니, 아니. 그럴 필요 없어. 이미 내가 알아봤는데, 쉽지 않을 것 같아. 괜한 수고 말게."

고함 교수가 절망적인 표정으로 손을 내저었다.

"하아……."

짧은 한숨을 내뱉는 김윤찬.

침통한 건 그도 마찬가지였다.

"아무튼 그건 내가 알아서 할 테니까, 지은이 수술할 때 자네가 좀 도와줘. 나 수술한 이후로 이 손이 예전만 같지 않아."

고함 교수가 자신의 손을 주무르며 고개를 가로저었다.

"네. 걱정 마십시오. 제가 수술방에 같이 들어가도록 하겠

습니다."

"그래그래, 고맙네."

언제나 자신만만했던 고함 교수. 하지만 그도 나이를 먹어서인지 많이 약해졌고, 그 모습을 지켜보고 있던 김윤찬 역시 착잡한 기분이었다.

이택진 교수 연구실.

고함 교수를 만나고 온 김윤찬이 이택진을 찾아갔다.

"고함 교수님이 엄청 힘들어하시네?"

"음, 당연하지. 지난번 심장 수술 이후부터 그러신 것 같아. 정말 많이 약해지셨더라."

이택진 역시 걱정이 이만저만이 아니었다.

"그러게. 오늘 지은이 때문에 뵙고 왔는데, 많이 약해지신 것 같아. 예전 같으면 '그까짓 거 아무것도 아니야!' 하실 분인데, 수술방에 들어와 달라고 하시더라."

"그래? 그 정도이신가?"

"음, 내가 괜히 병원에 모시고 온 건 아닌가 싶네."

"아냐! 그건 네가 잘한 거야. 고함 교수님이 계신 것과 안 계신 것은 무게감부터 달라. 게다가, 병원은 고함 교수님이 평생을 바친 곳이야. 그분이 병원 말고 어디서 맘 편히 계시겠니?"

"……."

"난 확신해. 지금이야 좀 힘드시겠지만, 워낙 저력이 있는 분이시니 곧 예전의 페이스를 찾으실 거야."

"그렇겠지?"

"그럼, 그럼. 천하의 고함 교수님 아니시냐! 이 정도로 꺾이실 분이 아니야. 그러니까 네가 옆에서 잘 좀 보살펴 드려라. 알잖아? 고함 교수님이 널 어떻게 생각하는지."

"그래, 네 말이 맞아. 저력이 있으신 분이니까, 훌훌 털고 일어나실 거야. 아직도 대한민국에 고함 교수님만 한 써전은 없으니까."

"그래그래. 우리가 열심히 보필해 드리자. 아이고, 우리가 고함 교수님 걱정을 할 때가 다 오다니……. 진짜 인생 무상이네."

이택진이 허탈한 듯 한숨을 내쉬었다.

"그러게 말이다."

"지은이 수술은 잘 준비되어 가고 있는 거지? 너 미국에 있는 동안, 고함 교수님이 진짜 온갖 정성을 다 들여서 돌보던 아이인데……."

"뭐, 지금으로선 체외 심장 교체하고 추후 심장이 나올 때까지 버텨 보는 수밖에 없지."

"아이고야, 그 어린 것이 무슨 잘못이 있다고……. 하늘도 무심하시지. 그나저나 어려운 수술은 아니니까, 큰 문제 없겠지?"

"글쎄다. 지은이 상태에 따라 달라지겠지만, 체외 심장을 달고 떼고 하는 것도 지은이한테는 버거운 일이니까, 아무튼 낙관만 할 순 없어."

"그래. 그러니까 고함 교수님이 너한테 부탁을 했겠지. 네가 같이 수술방에 들어가 주면 교수님도 안심할 거다. 어휴, 그 호랑이 같던 고함 교수님이 어쩌다 저렇게 되셨냐!"

이택진이 안타까운 듯 입술을 잘근거렸다.

그리고 며칠 후, 고함 교수 진료실.

마침내 지은이가 엄마와 함께 고함 교수를 찾아왔다.

"아이고, 우리 지은이 왔구나!"

고함 교수가 자신의 손녀를 맞듯 반갑게 지은이와 아이 엄마를 맞았다.

"선생님, 그동안 안녕하셨어요?"

고함 교수가 워낙 헌신적으로 지은이를 돌봤었기에, 지은 엄마 또한 그에게 깍듯했다.

"네네, 우리 지은이도 그동안 잘 지냈죠? 많이 컸네요, 지은이!"

또래 아이보다 훨씬 작고 왜소한 지은이.

하지만 고함 교수의 눈에는 더없이 사랑스러운 아이일 뿐이었다.

지은이를 바라보는 고함 교수의 눈에서 꿀이 뚝뚝 떨어졌다.

"그럼요! 교수님이 걱정해 주신 덕분에 잘 지내고 있습니다."

"네네. 다행입니다. 그나저나 아이 아빠는 같이 안 오셨네요? 언제나 함께 다니셨잖아요?"

"그, 그게……."

아이 아빠라는 말에 지은 엄마의 얼굴이 어두워졌다.

"왜……요? 혹시 아이 아빠한테 무슨 일이라도 있습니까?"

고함 교수가 걱정스러운 표정을 지었다.

"아, 아니에요. 아무것도."

"네에."

지은이 일이라면, 엄마보다 더 헌신적이었던 아이 아빠. 그런 아이 아빠가 병원에 오지 않았다.

분명 아이 아빠에게 무슨 일이 있었던 것이 틀림없었다.

하지만 고함 교수는 더 이상 아이 아빠에 대해 물어볼 수 없었다.

"실은……."

"지은 아빠한테 무슨 일이 있었나 보군요?"

"네. 실은 지은 아빠가 택배 일을 하다가 다리를 다쳐서, 지금 병원에 입원해 있어요."

지은 엄마가 망설이다가 어렵게 입을 열었다.

"하아, 그런 일이 있었습니까? 많이 다치셨나요?"

"아뇨, 아뇨. 계단에서 내려오다 발을 헛디뎌 다쳐서 수술했는데, 이제 곧 퇴원할 거예요. 너무 걱정 마세요."

"그, 그래요. 천만다행이네요. 그럼 우리 다 같이 힘을 냅시다!"

"네. 교수님!"

"그러면 우리 지은이 숨소리 좀 들어 볼까?"

"네."

고함 교수가 표정을 바꿔 지은을 바라봤고, 지은 엄마가 아이 웃옷을 들쳐 올렸다.

콩닥콩닥.

가느다란 심장 박동음. 분명 여느 건강한 아이들의 심장 소리와는 달랐다.

하지만 분명한 건, 처음으로 인공 심장을 달았을 때보다는 훨씬 소리가 좋았다.

물론 체외 인공 심장을 달고 있지 않았다면, 더욱더 달랐겠지만.

"우리 지은이 착하네? 울지도 않고?"

녀석에게도 워낙 익숙한 상황인지, 눈만 말똥말똥 뜰 뿐 울지도 보채지도 않았다. 이제 이런 상황이 너무나 익숙한 녀석이었다.

"네네, 우리 지은이 씩씩하죠?"

"그러네요! 예전에도 씩씩했는데, 지금은 의젓하기까지 해요. 어디 보자! 우리 지은이 잘 참았으니까, 선생님이 선물을 줘야겠지?"

"선물?"

선물이란 말에 녀석이 눈이 반짝거렸다.

"그럼, 선생님이 우리 지은이 주려고 준비했지. 뭘 준비해야 할지 몰라서 전부 골라 왔단다!"

드르륵, 고함 교수가 서랍을 열자 금은보화(?)가 쏟아져 나왔다.

막대 사탕을 비롯해, 초콜릿, 그리고 갖가지 장난감들이 한가득 들어 있는 보물 상자였다.

"저거 가져도 돼요?"

아직 믿기지 않은지 지은이가 망설였다.

"그럼! 우리 지은이 가지고 싶은 거 전부 가져도 돼요! 맘껏 골라 보세요."

"엄마, 정말?"

녀석이 엄마의 눈치를 보며 망설였다.

"그래! 선생님이 주시는 거니까, 감사합니다! 하고 받는

거야."

"감자합니다!"

엄마의 허락이 떨어지고 나서야 안심이 되었는지, 지은이가 막대 사탕과 초콜릿을 집어 들었다.

"우리 지은이 인형도 좋아하잖아! 이거 전부 지은이 거야. 다 가져도 돼!"

"와……. 엄마, 이거 인형!"

모든 것이 확실해지자 지은이의 눈이 휘둥그레졌다.

지은이는 이것저것을 만져 보며 어쩔 줄 몰라 했다.

"응, 가져도 돼."

엄마가 고개를 끄덕이자 지은이가 마음이 놓였는지 이것저것 집기 시작했다.

"교수님, 뭘 이런 걸 준비하셨어요?"

"하하하, 지은이가 병원에 온다는 소식을 듣고, 너무 좋아서 이것저것 사다 보니 이렇게 됐습니다. 보통 서너 살 아이들이 좋아하는 걸로 산다고 샀는데, 지은이가 좋아해서 다행이네요."

"흑흑흑, 감사합니다. 교수님!"

"아이고, 또 우시네. 저 같으면 그 눈물 다 말라 버렸겠네요. 아직도 눈물이 남아 계셨습니까?"

고함 교수가 티슈를 꺼내 지은 엄마에게 주었다.

"네네. 이 징글징글한 눈물이 아직도 안 말랐네요. 제가 정말 무슨 복이 있어서 교수님 같은 분을 만났는지 모르겠어요.”

“그런 말씀 마십시오. 지은이가 저한테 얼마나 큰 기쁨이었는데요? 오히려 제가 지은이한테 감사해야죠.”

고함 교수가 진료대 위에서 장난감을 가지고 노는 지은이를 애잔한 눈빛으로 바라보았다.

“정말 정말 감사합니다. 교수님이 안 계셨다면…….”

흑흑흑, 여전히 눈물을 멈추지 못하는 지은 엄마였다.

“아이고, 그만 우세요. 지은이도 예전의 지은이가 아니랍니다. 알 것 다 알아요.”

“네! 선생님! 제가 너무 주책을 떨었나 봅니다.”

“그나저나, 체외 심장을 교체하려면 비용이 만만치 않을 텐데요.”

지은이 부모의 형편을 잘 알고 있는 고함 교수였기에 걱정이 되지 않을 수 없었다.

“아, 그건 걱정 마세요. 준비해 뒀습니다!”

“네? 정말입니까?”

지은이 첫 수술을 할 때도 경제적으로 여의치 않았던 지은이의 부모.

게다가 지은이 아버지가 사고를 당해 벌이도 시원치 않았을 텐데 적지 않은 수술비가 마련되었다니, 고함 교수 입장에선 놀라지 않을 수 없었다.

"네네, 수정재단이라는 곳에서 우리 지은이 수술비 전액을 지원해 주기로 했다네요!"

지은 엄마가 밝은 목소리로 답했다.

"수정재단이요?"

고함 교수가 깜짝 놀랐다.

"네. 그런 재단이 있는 줄도 몰랐는데, 김윤찬 교수님이 주선해 주신 것 같아요. 어제 김윤찬 교수님이 전화를 주셨더라고요!"

아직도 흥분이 가시지 않았는지 지은 엄마의 목소리가 들떠 있었다.

"김 교수가 그랬단 말이에요?"

"네네, 제가 이 은혜를 어떻게 보답을 해야 할지 모르겠네요. 생면부지인 저희한테 이런 큰 선물을 주시다뇨."

흑흑흑, 결국 지은 엄마가 감격에 겨운지 눈물을 훔쳐 냈다.

"네에, 그런 일이 있었군요."

"네. 사실 김 교수님이 아무에게도 말하지 말라고 했는데, 제가 철면피도 아니고……. 이렇게 큰 도움을 받았는데, 어떻게 얘기를 안 하겠습니까? 이렇게 고마운데요."

"……."

지은 엄마의 말에 고함 교수가 고개를 끄덕일 뿐이었다.

'하여간 김윤찬이 너 진짜!'

고함 교수가 턱을 매만지며 아랫입술을 지그시 물었다.

"그것뿐만이 아니에요."

"네? 그게 다가 아니라고요?"

"네네. 이번 수술뿐만 아니라, 나중에 심장 공여자가 나오면, 그때 이식수술 비용도 전부 지원하기로 약속해 주셨습니다. 제가 이런 엄청난 도움을 받아도 될지 모르겠어요!"

"글쎄요. 저도 지금 뭐가 뭔지 잘 모르겠네요. 김 교수가 정말 그랬단 말씀이시죠?"

여전히 믿기지 않은 듯, 고함 교수가 반복해 물었다.

"네, 저도 이게 꿈인지 생신지 모르겠네요. 그냥 너무 좋아서 염치 불고하고 받았는데……. 교수님, 정말 제가 이런 축복을 받아도 되는 걸까요?"

"네, 당연히 받으셔도 됩니다. 지은이가 이렇게 버텨 준 것도, 지금처럼 건강하게 잘 자란 것도 우리 병원 입장에선 고마워야 할 일이죠. 수정재단은 지은이처럼 선천성 심장병을 가진 아이들에게 도움을 주는 재단입니다. 원래 이렇게 하라고 만들어진 거니까, 부담 가지실 필요 없어요."

"감사합니다! 정말 감사합니다, 교수님."

지은 엄마가 몇 번이고 고개를 숙이며 감사를 표했다.

"저한테 감사할 것 없습니다. 꿋꿋하게 버텨 준 우리 지은이한테 주는 선물이니까요. 이제 크리스마스도 얼마 안 남았는데, 멋진 선물을 받으셨네요."

"네, 태어나서 이런 큰 선물은 처음 받아 봐요."

"네, 이제 우리 지은이가 이번 수술을 잘 버텨 주기만 하면 될 것 같군요. 어머님이 힘을 내셔야 해요. 그래야 우리 지은이도 힘을 내죠."

고함 교수가 진료대 위에서 장난감을 가지고 놀고 있는 지은이를 물끄러미 쳐다봤다.

♥

김윤찬 교수 연구실.

지은이 진료를 마친 고함 교수가 김윤찬을 찾아갔다.

"윤찬이 네 짓이냐?"

김윤찬이 안으로 들어오자, 고함 교수가 눈을 가늘게 떴다.

"뭘요?"

김윤찬이 모른 척 시치미를 뗐다.

"지은이 말이다. 지은이 수술비를 지원해 주기로 했다면서?"

"네? 그게 무슨 말씀이세요? 제가 무슨 돈이 있어서 그런답니까? 어디서 헛소문을 들으셨나 보네요."

털썩, 김윤찬이 소파에 몸을 내던지듯 앉았다.

"하아, 이제 그만하지? 이미 다 알고 있으니까 솔직하게 불어라. 수정재단에서 지은이 수술비 전액 지원하기로 했다면서?"

"아이고, 옛 성인들의 말이 하나도 안 틀리네요. 두 사람이 알고 있으면 그건 이미 비밀이 아니다! 지은 어머님이 말씀하셨어요?"

쩝, 김윤찬이 난감한 듯 입맛을 다셨다.

"그래, 이놈아! 세상에 어디 비밀이 있더냐? 그런 생각이 있었으면 나한테 미리 말을 했어야지."

"아니, 뭐. 교수님이 괜히 신경 쓰실까 봐 말 안 했죠."

김윤찬이 머쓱한지 이마를 긁적거렸다.

"야! 당연히 말을 했어야지. 네 녀석 때문에 괜한 고민 했잖아?"

"네?"

"이놈아, 정 안 되면 알량한 전셋집 담보 잡을 생각까지 했다고!"

"교수님! 그건 좀 오버 아니세요? 진짜 그런 생각까지 하신 건 아니죠?"

"했어! 했다고! 내가 여우 같은 마누라가 있긴 하냐. 지후 같은 아들이 있기나 하냐. 어차피 내 집도 아닌데, 전세로 사는 거나 월세로 사는 거나 뭐가 달라."

"그래서, 전세 빼서서 지은이 수술비로 쓰려고 했다고요?"

“그래, 우리 지은이만 살릴 수 있다면 뭐가 문제야.”

“하아, 그건 아니죠. 모든 환자를 그렇게 대할 순 없는 거잖아요. 지은이 말고도 힘든 환아는 셀 수 없이 많다고요. 그때마다 이런 식으로 대응할 순 없잖아요.”

“알아, 인마! 괜히 잘난 척하지 마. 그냥 우리 지은이한테는 그러고 싶었어. 내가 이 녀석 살려 보겠다고 얼마나 지랄발광을 떨었는데…….”

어느새 고함 교수의 눈이 젖어 들었다.

“알죠. 미국에 있었어도 그냥 눈앞에서 보는 것처럼 알 수 있을 것 같아요. 그래도 그런 식으로 접근하시면 안 돼요. 교수님! 부탁드립니다. 우리 병원 환자만 해도 수만 명이에요.”

“알았어. 그러니까 이제부턴 네놈이 알아서 하거라. 네 양어머니 돈이 그렇게 많다면서. 그 돈 죽을 때 가지고 가는 것도 아니고, 좋은 일에 많이 쓰라고 해.”

“네. 안 그래도 그렇게 하고 있어요. 그러니까 앞으로 교수님도 즉흥적으로 생각하지 마시고, 저하고 상의 좀 하세요. 네?”

“알았다고. 새끼! 그새 너 많이 컸다?”

“후후후, 간만에 교수님 욕 들으니까 새롭네요.”

“왜! 더 해 주랴?”

고함 교수가 김윤찬을 보며 눈을 흘겼다.

"크크크, 네네. 가끔씩 해 주세요. 그래야 저도 삶의 활력소를 얻죠."

"활력소? 알았다. 똥물에 튀겨 먹을 놈아!"

"네네, 감사합니다."

♥

지은이 수술 전날.

깊은 밤, 지은 어머니가 잠을 이루지 못하고 복도를 서성이고 있었다.

"어머님, 거기서 뭐 하세요?"

지은 엄마를 발견한 고함 교수가 천천히 그녀에게 다가갔다.

잠을 이루지 못하는 건 지은 엄마뿐만이 아니었다.

"어머, 교수님? 어쩐 일이세요? 퇴근 안 하셨어요?"

지은 엄마가 자리에서 일어났다.

"네, 읽을 책이 좀 있어서요."

"아, 그러셨어요? 그래도 너무 늦었는데."

"괜찮습니다. 집에 가 봐야 반갑게 맞아 줄 사람도 없는걸요. 그나저나 어차피 지금 자긴 글렀고, 저랑 차나 한잔 하실래요?"

"네, 좋아요."

"그럼 제가 자판기 커피 쏘겠습니다. 지금 될 수 있는 게 그거뿐이거든요."

"호호호, 좋아요. 저도 자판기 커피 좋아합니다."

"네, 그럼 가시죠."

그렇게 지은 엄마가 고함 교수와 함께 1층 로비로 발걸음을 옮겼다.

"많이 걱정되시죠?"

고함 교수가 자판기에서 커피를 꺼내 내밀었다.

"네. 솔직히 말씀드리면……. 걱정되네요."

피식, 지은 엄마가 입가에 엷은 미소를 띠었다.

"너무 걱정 마세요. 그렇게 어려운 수술 아니에요."

"네, 저도 교수님을 믿어요."

"전 지금도 우리 지은이가 저한테 처음 오던 날이 생각나요."

후릅, 고함 교수가 커피 한 모금을 입에 물었다.

"저도요. 어떻게 그날을 잊겠어요. 갑자기 지은이가 열이 불덩어리가 돼서, 남편하고 저하고 정신이 하나도 없었어요. 진짜 무서웠어요."

"네, 저도 기억이 생생합니다."

"그렇게 절망적인 순간에도 왜 우리 부부가 용기를 잃지 않았는지 아세요?"

지은 엄마가 고함 교수를 물끄러미 쳐다봤다.

"글쎄요."

"별거 아니에요. 교수님께서 '어머니! 걱정 마세요!'라고 말씀해 주셔서요. 그래서 우리 부부 버틸 수 있었어요."

"아……. 제가 그랬나요?"

고함 교수가 쑥스러운 듯 자신의 이마를 문질렀다.

"네네. 다른 선생님들은 전부 가망이 없다, 힘들다. 그렇게 말씀하셨는데, 교수님께서 처음으로 저희한테 용기를 주셨어요."

"그랬군요."

"그때 우리 부부는 느꼈죠. 저 의사 선생님이시라면 우리 지은이 살려 주겠구나. 저분만 포기하지 않으시면 우리도 절대로 포기하지 않겠노라고요."

"네, 잘하셨어요. 두 분이 포기하지 않으셨기에 지금 지은이가 저렇게 씩씩하게 자란 거잖아요."

"아마 교수님이 계시지 않았더라면, 지은이보다 우리가 먼저 포기했을지도 몰라요. 밤을 새우셨는지, 그때 떡 진 머리에 슬리퍼 질질 끌고 말씀하시는 모습이 얼마나 위안이 됐는지 모른답니다."

헤헤, 지은 엄마가 입가에 환한 미소를 지었다.

"아이쿠, 제 몰골이 그렇게 험했습니까?"

"아뇨, 아니에요. 단정하게 차려입으신 그 어떤 의사 선생님보다 멋졌습니다. 저희 부부한테는 백마 탄 기사 같으셨어요."

"으악, 그건 좀 오버시네요."

닭살이 돋는지 고함 교수가 자신의 팔을 비비적거렸다.

"그런데……."

"왜요?"

"그런데…… 예전보다 훨씬 더 젠틀하시고 훨씬 더 세련되셨는데, 옛날 교수님이 그리운 이유는 뭘까요?"

"아……."

"전, 지금도 마찬가지예요. 교수님이 우리 지은이 포기하시지만 않으면 저희도 절대 우리 지은이 포기 안 해요. 그건 지은이도 마찬가지일 거예요."

"……."

"그러니…… 예전에 그 당당하신 교수님으로 돌아와 주세요. 부탁드려요."

지은 엄마가 자리에서 일어나 고함 교수에게 정중히 인사했다.

"어머님!"

"네?"

"커피 한 잔 더 하실래요??"

"네? 저 동전이 이제 없는데?"

고함 교수의 뜻밖의 제안에 지은 엄마가 주머니를 뒤적거렸다.

“아뇨! 동전은 필요 없어요. 잘 보세요. 이러면 마술처럼 커피가 나옵니다.”

쾅쾅쾅, 달그락!

고함 교수가 자판기를 주먹으로 두드리자 진짜로 커피 자판기가 작동되었다.

“봐요. 진짜죠?”

커피가 담긴 종이컵을 들어 올려 보는 고함 교수.

“어머, 어머! 진짜 된 거예요?”

“그럼요! 이 자판기가 원래 좀 맞아야 정신을 차리는 녀석이거든요.”

“아, 네. 정말 신기하네요.”

‘젠장, 역시 난 세련하고는 어울리지 않아. 내 주제에 수술복이면 됐지, 양복이 가당키나 하나?’

고함 교수가 두 주먹을 가볍게 말아 쥐었다.

수술실 개수대.

쏴아!

룰루랄라!

고함 교수가 개수대 앞에 서서 콧노래를 흥얼거리며 손을 씻고 있었다.

예전에야 늘 보던 모습이었지만, 최근 들어 단 한 번도 본 적 없는 희귀한 장면이었다.

"교수님, 웬일이세요?"

탁, 쏴아!

멀리서 고함 교수를 지켜보던 김윤찬이 다가와 오른발로 레버를 누르자, 물이 쏟아져 나왔다.

"뭐, 이 새끼야. 손 씻는 거 첨 봐?"

"네?"

"눈알이 삐었냐고? 손 씻는 거 처음 보냐고 했다, 이놈아."

"아, 아뇨. 그런 게 아니라……."

"됐고, 정확히 3분 씻는 거야. 그래야 세균이 완전히 박멸되니까! 거기 모래시계 있지. 그거 뒤집어 놔."

손을 다 씻은 고함 교수가 턱짓으로 모래시계를 가리켰다.

"이거요? 이거 엎어 놓고 씻으신다고요?"

"그래, 인마. 그게 딱 3분짜리야."

"아, 알았습니다."

김윤찬이 모래시계를 이리저리 살펴보더니, 개수대 옆에 뒤집어 올려놓았다.

"와, 요즘 솔은 겁나 부드러워졌다? 예전엔 솔이 거칠어서 따가웠는데 말이야."

홍얼홍얼, 고함 교수가 멸균된 타올을 꺼내 손과 손목은 물론, 팔꿈치까지 깨끗하게 닦아 냈다.

물론, 여전히 콧노래를 홍얼거리면서 말이다.

"맞아요. 이번에 전반적으로 교체했는데, 돈이 좀 많이 들었다고 하더라고요. 아, 저쪽 멸균실에 스팀 멸균기도 새로 도입했더라고요."

"맞아! 보니까 '암스코'라고, 스테리사의 프리미어급 멸균기더라."

홍얼홍얼, 여전히 고함 교수가 콧노래를 멈추지 않고 있었다.

"네네. 이 정도면 톱 클래스죠. 그나저나 오늘 무슨 좋은 일 있으세요? 아침부터 너무 기분이 좋아 보이시는데요?"

"이놈아, 당연히 좋지. 우리 지은이 심장 바꿔 주러 가는 날인데, 그럼 안 좋냐?"

"아, 네."

"빨리 씻고 나와. 그래야 애들도 씻지. 네가 거기 전세 냈냐!"

"아, 알았습니다. 갑니다, 가요!"

고함 교수가 앞장서 수술방으로 들어가자, 김윤찬이 서둘러 손 씻기를 마무리 지었다.

'헐, 이러면 완전 원대 복귀인데?'

김윤찬이 보무도 당당하게 수술방으로 걸어 들어가는 고

함 교수를 물끄러미 바라보았다.

수술방.

“자! 우리 천사, 최대한 안 아프게 심장 바꿔 줍시다!”

수술방에 들어온 고함 교수. 간호사의 도움을 받아 수술 가운을 갈아입은 그의 목소리는 경쾌했다.

“네!”

수술방의 분위기는 집도의가 좌지우지하는 법.

고함 교수의 목소리가 밝으니, 덩달아 수술진의 목소리도 경쾌했다.

“이봐, 김진욱 교수! 지난달에 애기 돌잔치에 못 가서 쏘리!”

“괜찮습니다. 솔직히 교수님처럼 축의금 내시고 안 오시면, 저희는 무조건 땡큐죠! 감사합니다.”

“하하하, 그렇게 되는 건가? 좋아, 그러면 하나 더 낳아 봐. 이번엔 가서 아주 아작을 내줄 테니까.”

“그럴 일은 없을 겁니다. 저 묶었어요, 교수님!”

“와, 김 교수! 너 그러면 안 돼! 저출산 시대에 하나라도 더 낳아서 키워야지! 당장 풀어라!”

“큭큭큭, 네네. 한번 진지하게 고민해 보겠습니다.”

"당연하지. 우리나라 조만간 인구 절벽이야."

"네네. 애국자 전환 모드를 긍정적으로 검토해 보겠습니다."

"당연하지. 이러다가 우리 병원 산부인과 작살나겠어! 심 교수가 아주 죽을라고 하드만."

"네네."

마취과 선생과 농담을 주고받을 정도로 여유를 찾은 고함 교수였다.

"우리 천사 잘 좀 부탁해? 금방 끝낼 테니까?"

"넵! 당연하죠. 아무 걱정 마시고 편안히 집도하십시오."

"오케! 이제 시작하지, 김윤찬 교수?"

고함 교수가 김윤찬을 향해 한쪽 눈을 찡긋했다.

"네, 교수님! 이제야 교수님다우시네요."

"그런가? 아무튼, 아침에 출근하면서 보니까 햇살이 제법 따뜻하더라고? 수술하기 딱 좋은 날씨야."

"네, 맞습니다. 오늘 수술 잘될 것 같습니다."

잠시 후.

뚜뚜뚜뚜.

"심전도 상태 어떤가?"

"좋습니다."

"맥박은?"

"매우 양호합니다."

"그러게. 요즘 기계가 진짜 좋아졌네."

"맞습니다. 이번에 교체하는 기계는 메디큐브사에서 만든 건데, 기존 기계에 비해 훨씬 성능이 우수해요. 조만간 체외 인공 심장 시장은 메디큐브사가 석권할 것 같네요."

"크읍, 이럴 줄 알았으면, 메디큐브사 주식이나 좀 사 두는 건데."

"죄송합니다, 교수님. 정말 송구스럽지만 제가 메디큐브사 지분을 좀 가지고 있어서요."

"헐, 얼마나 가지고 있는데?"

"뭐, 많지는 않아요. 한 3퍼?"

"미치겠네? 그거면 대박 아니냐?"

"모르겠어요. 작년 대비 주가가 한 세 배 정도밖에 안 오른 듯해서."

"와, 미쳤네. 지금 염장 지르는 거냐? 겨우 세 배??"

"큭큭큭, 그냥 별거 없어요. 쬐금 올랐을 뿐입니다."

"하아, 하여간 미국 물 먹은 인간이랑은 상종을 말아야 하는데. 네가 내 제자 맞냐?"

"죄송합니다. 노여움 푸시고 얼른 수술 시작하시죠, 교수님!"

"좋아. 일단 우리 지은이 심장부터 바꿔 놓고 자세한 얘기는 나중에 하자."

"네, 얼마든지요."

"좋아, 가자. 우리 지은이 심장 살리러."

그렇게 지은이가 마취를 통해 깊은 잠에 빠지고, 체외 인공 심장 교체 수술이 시작될 무렵이었다.

"조율 유도선 제거합시다."

"네, 교수님."

체외 인공 심장과 연결된 전선, 전선이 심장을 자극해 심장을 뛰게 하는 원리였다. 이 전선을 조율 유도선이라고 불렀다.

이제 지은이의 체격에 맞게 체외 인공 심장을 교체해야 하는 순간.

잠시 동안 인공 심장이 기능을 멈춘 사이.

그 찰나의 순간, 지은이의 몸에서 이상한 반응이 나타나기 시작했다.

"확실히 기계 좋네! 박동 수도 좋고, 심전도 그래프 예쁘게 나오는데? 얼른 교체하시죠, 교수님? 메디큐어사 제품 성능 한번 확인해 보게요."

심전도 모니터를 살펴보고 있던 마취과 김진욱 교수가 얼굴을 빼죽 내밀었다.

"김 교수, 지금 뭐라는 거야? 지금 인공 심장 멈췄는데, 뭔 소리야?"

김윤찬이 떼어 낸 조율 유도선을 내보였다.

"네? 뭐, 뭐라고요?? 뭘 멈춰요? 인공 심장 멈춘 거라고요??"

깜짝 놀란 김진욱 교수의 눈동자가 부풀어 올랐다.

"그래. 이제 새 기계로 교체하려고 하는데 무슨 잠꼬대 같은 소리야? 심장이 제대로 뛸 리가 없잖아! 김 교수 너 지금 정신 어디다 갔다 팔아먹은 거야? 제대로 모니터 못 해? 죽고 싶냐?"

성질이 난 고함 교수가 목소리 톤을 높였다.

"자, 잠깐만요! 교수님, 잠깐만요! 지금 맥박 수 확인해 보세요. 심전도도요. 거의 정상에 가깝다니까요? 괜히 사람 잡으시지 말고 눈으로 직접 확인하면 되잖습니까?"

김진욱 교수가 억울한 듯 볼멘소리를 냈다.

"그, 그게 말이 되는 소리냐……?"

"교수님, 이, 이게 좀 이상한데요? 진짜 김진욱 교수 말이 맞는 것 같습니다."

그사이 EKG 모니터를 확인한 김윤찬. 그의 목소리가 미세하게 흔들리는 듯했다.

"뭐라고? 그게 무슨 귀신 씻나락 까먹는 소리야? 지은이는 선천적으로 심부전이야. 그럴 리가 없잖아!"

선천성 심부전을 가지고 태어난 지은이.

간혹 자연적으로 치유되는 아이들도 있긴 했지만 극소수였고, 지은이처럼 상태가 좋지 않은 케이스는 그 극소수의 가능성마저 없었다.

지금까지 연희병원에서 치료를 받은 체외 인공 심장 환아 30여 명 중에 회복이 된 아이는 단 3명.

그마저도 지은이 정도의 중증 환자는 회복된 케이스가 단 한 건도 없었다.

지은이와 비슷한 병을 가지고 태어난 아이 중에 체외 인공 심장 없이 정상적인 맥박과 심전도를 보이는 환자는 제로였다.

적어도 고함 교수가 아는 한에서는 말이다.

하지만 지은이의 심장 박동 수와 심전도 그래프는 같은 또래 아이들의 그것과 거의 차이가 없었다.

즉, 심장이 자연 치유 돼 정상적으로 작동하고 있다는 것을 의미했다.

기적이 일어난 것. 한마디로 기적 오브 기적이었다.

"지, 지금 이게 지은이 심장이라고??"

모니터를 확인한 고함 교수의 목소리가 마구 떨렸다.

"네네! 여기 보세요. 기계를 뗐는데도 박동 수 정상이잖습니까? 원래 지은이 심장 상태라면 40을 넘기 힘들어요. 게다가 혈압도 정상 수치에 가깝습니다! 이게 말이 되나요?"

"이, 이거 기계 고장 난 거 아니야?"

고함 교수가 믿을 수 없다는 듯이 눈을 깜박거렸다.

"그럴 리가요. 기계 들여놓은 지 얼마 되지도 않았어요.

기계 새삥입니다.”

“미치겠네. 지금 이걸 어떻게 나보고 믿으라는 거야?? 이, 이게 지금 가능한 거냐, 윤찬아?”

꿀꺽, 두 눈으로 보고도 믿을 수 없는 상황. 고함 교수가 마른침을 삼켜 넘겼다.

“하아, 이거 아무리 봐도 자연 치유 된 것 같은데요??”

김윤찬도 믿을 수 없다는 듯이 아랫입술을 잘근거렸다.

“그, 그렇지? 지금 지은이 심장 살아난 거지?”

“네. 수치로만 봐선 그렇습니다. 분명 정상에 가까운 수치예요.”

“윤찬아, 이게 어떻게 된 일이냐? 어느 정도 케이스가 있어야 믿거나 말거나 하지. 지은이 심장이 자연 치유가 된다는 게 말이 돼?”

“음……. 일단 심장 조직 검사 해서 병리과에 보내 봐야 할 것 같아요. 제가 짚이는 데가 좀 있습니다.”

“짚이는 데? 그게 뭔데?”

“매우 드물긴 하지만, 미국에 지은이와 같은 케이스가 한 건 있었어요. 그때도 지금처럼 체외 인공 심장 교체할 때 알았거든요.”

“뭐라고? 그런 사례가 있다는 거야?”

고함 교수 입장에선 놀라지 않을 수 없었다.

적어도 그가 아는 한 지은이와 같은 케이스는 단 한 차례도 없었으니까.

"네. 딱 한 차례 있었어요. 지은이가 그 케이스에 해당되지 말라는 법도 없습니다."

"하아, 지금 내가 꿈을 꾸고 있는 거냐? 어떻게 나한테 이런 일이 일어날 수 있는 거지?"

후아후아, 여전히 고함 교수가 믿을 수 없다는 듯이, 거친 숨을 가다듬었다.

"아직 케이스를 좀 더 살펴보면서 정리해 봐야 할 것 같긴 하지만, 두 가지 정도가 짚이는 부분이 있네요."

"뭔데?"

"일단 약물 치료가 주효했던 것 같습니다."

"약물 치료??"

"네. 심부전 약을 좀 강하게 썼던 게 주효했던 것 같습니다."

"맞아, 그랬었지. 리스크를 감수하는 하는 있더라도 성인용 심부전 약을 쓴 건 맞아. 포시가(성인용 심부전 치료제)를 썼으니까."

"바로 그 부분입니다. 그 모험이 성공을 거둔 것 같아요. 그게 첫 번째 이유인 것 같습니다."

"그래? 그러면 두 번째는 뭔데?"

"유전적인 원인이 있을 수 있을 것 같습니다. 극히 드물지만."

"그래서 지은이 심장 조직 검사를 해 보자는 건가?"

"그렇습니다. 조직 검사를 해 보고, 그 결과를 존스홉킨스에 보내서 확인해 보려고요. 그 결과가 맞아 들어간다면, 그게 두 번째 이유가 되겠죠."

"그래서 조직 검사를 해 보자고 한 거군."

"그렇습니다. 일단 조직 검사부터 해 봐야 할 것 같습니다."

김윤찬이 상기된 표정으로 말했다.

"그러면 지은이 인공 심장 교체는? 그건 어떻게 해야 하지?"

"음, 다시 한번 더 기적을 바라 봐야죠. 당분간 인공 심장 없이 지내보도록 하는 게 좋을 것 같습니다."

"하아, 위험하지 않을까? 인공 심장 떼어 내면 호흡곤란에 잘못하면 폐출혈이 올 수도 있어."

기적이 일어난 건 사실이지만, 향후 부작용이 걱정되는 고함 교수였다.

"아뇨, 교수님! 한번 해 보죠. 의사가 감에 의존하는 건 솔직히 바람직하지 않지만, 제 감이 항상 맞는다는 게 팩트죠. 지은이 인공 심장 없이도 씩씩하게 버텨 낼 거라 봅니다."

"아, 진짜 괜찮을까?"

제아무리 강심장인 고함 교수라 할지라도 지금의 상황에선 망설이지 않을 수 없었다.

"교수님! 가시죠. 설사 부작용이 있다 할지라도 치료해 내면 됩니다. 지은이 지금까지도 너무나 대견하게 잘 버텨 왔어요. 앞으로도 그럴 겁니다. 우리 지은이를 믿어 봐요!"

김윤찬이 고함 교수를 설득하기 시작했다.

"……."

아무 말 없이 천장만 올려다보는 고함 교수.

수없이 많은 생각이 고함 교수의 머릿속을 어지럽히고 있었다.

그렇게 잠시간의 시간이 흘렀고, 마침내 고함 교수가 마음의 결정을 내린 듯 보였다.

"……좋아! 제아무리 좋은 인공 심장이라고 해도, 어차피 또 교체해야 하고, 궁극적으로는 심장이식을 해야 하는 것 아냐?"

"그렇습니다."

"그래! 당연히 제 심장이 뛰는 게 좋은 거겠지. 한번 해 봅시다, 김윤찬 교수!"

"네. 교수님! 지은이 잘 버텨 낼 겁니다."

그렇게 기적적으로 살아난 지은이의 심장.

그동안 인공 심장에 의지해 살아와야 했던 지은이에게 하늘이 축복을 내려 주셨다.

수술 대기실.

지이이잉. 수술방 문이 열리고 고함 교수와 김윤찬이 나오자, 지은이 부모들이 단걸음에 달려 나왔다.

"벌써 수술 끝난 겁니까?"

생각보다 훨씬 빠르게 의사들이 나오자, 지은이 부모들이 걱정스러운 표정을 지었다.

"아뇨, 수술은 하지 않았습니다."

"네? 우, 우리 아이한테 무슨 일이라도 있는 겁니까?"

수술을 하지 않았다는 고함 교수의 말에 지은 엄마의 몸이 거의 쓰러질 듯 휘청거렸다.

"아뇨, 아뇨. 아무런 문제 없습니다. 그런 것 아닙니다."

"예? 그럼 우리 지은이는……."

"자세한 건 제 방에서 말씀드릴 테니, 저와 함께 가시죠."

고함 교수가 겁에 질려 있던 지은이 부모님을 데리고 자신의 연구실로 향했다.

잠시 후, 고함 교수 연구실.

"교수님, 어떻게 된 겁니까? 수술 시간이 두 시간은 걸린다고 하셨는데, 30분도 안 되어서 나오셨잖아요?"

지은 엄마의 목소리가 마구 떨렸다.

"네, 수술을 안 하기로 결정했습니다."

"그, 그러니까 왜요? 왜 수술을 안 하시는 겁니까? 우리 지은이 상태가 수술을 못 할 정도예요?"

그동안 참고 있던 지은 아빠가 입을 열었다. 어느새 그의 눈두덩이가 붉게 물들어 있었다.

"아뇨, 그 반대입니다."

"반대라뇨?"

"우리 지은이한테 기적이 일어났어요. 지은이 심장이 자연적으로 회복된 것 같습니다!"

"네?"

"네? 자연적으로 치료됐다고요??"

고함 교수나 김윤찬이 믿을 수 없었던 것만큼, 지은이 부모도 고함 교수의 말을 믿을 수가 없었다.

"그렇습니다! 저도 믿을 수 없지만, 지은이의 심장이 정상인과 거의 같은 수준으로 좋아졌어요."

"네? 지, 진짜입니까?"

깜짝 놀란 지은 아빠가 말을 더듬거렸다.

"네. 이건 기적이라고밖에 설명할 수가 없을 것 같습니다."

"세상에, 이럴 수가……. 그러면 체외 인공 심장은요? 그건 이제 안 달아도 되는 건가요?"

"네, 그렇습니다. 근데 다만."

"다만 뭔가요? 무슨 문제라도 있는 건가요?"

지은 엄마의 목소리가 갈라져 나왔다. 기쁨 반, 우려 반이 섞인 목소리였다.

"지은이가 지금까지 체외 인공 심장에 의존해 왔는데, 갑자기 인공 심장을 제거하게 되면……. 어느 정도 부작용이 있을 수도 있습니다. 괜찮겠습니까?"

"괘, 괜찮다뇨? 당연히 그렇게 해야죠. 그러면 나중에 심장이식 수술을 안 해도 된다는 건가요?"

"그렇습니다. 인공 심장을 제거하고 지은이 본래의 심장이 제 기능을 한다면, 당연히 심장이식 수술은 필요 없을 겁니다."

"여보! 지, 지금 내가 꿈을 꾸고 있는 건 아니겠지? 그렇지?"

지은 아빠가 감격에 겨운 듯, 지은 엄마의 손을 움켜잡았다.

"교수님, 지, 진짜 우리 지은이 심장이 정상이라는 거죠? 맞죠?"

"네. 100% 확신할 순 없지만, 분명 정상 심장에 가까워졌습니다. 우리 한번 도전해 봐요!"

"감사합니다, 정말 감사합니다! 이 은혜를 어떻게 갚아야 할지 모르겠어요, 교수님!"

흑흑흑, 마침내 지은 엄마가 고함 교수의 손을 붙들고 감격의 눈물을 쏟아 냈다.

"저도 아직 실감이 나질 않습니다. 하지만 지은이가 상당히 힘들어할 수도 있습니다. 견뎌 내셔야 할 거예요. 그렇게 하실 수 있으시죠?"

"네네! 지금까지도 버텨 왔는데, 우리가 못 버틸 것이 뭐가 있겠어요? 우리 지은이만 포기하지 않는다면, 저희는 절대 포기 안 해요. 아니, 절대로 포기 못 합니다."

"네. 두 분이 그런 각오시라면 저도 최선을 다해 보겠습니다."

"여보! 우리 지은이 이제 살았어!"

"맞아요! 정말, 꿈이라면 깨지 않았으면 좋겠어요!"

흑흑흑, 감격에 겨운 지은 부모들이 서로를 부둥켜안고는 흐느끼기 시작했다.

그렇게 기적적으로 살아난 지은이의 심장은 부모들마저 감격에 겨워 울게 만들었다.

어린이 병동, 지은이 병실.

하지만 호사다마라고 했던가?

기적처럼 심장은 되살아났지만, 고함 교수의 우려대로 각종 부작용은 비켜 갈 수 없었다.

쿨럭쿨럭.

"어, 엄마! 나 피!"

가슴이 쪼개진 듯 거친 기침을 쏟아 내던 지은이가 마침내 피를 토하기 시작했다.

"지, 지은아! 괜찮아? 괜찮은 거야?"

"몰라, 가슴이 아파!"

가녀린 녀석이 자신의 가슴을 문지르며 식은땀을 흘렸다.

"간호사 선생님! 얼른 우리 지은이 좀 봐 주세요! 빨리요!"

화들짝 놀란 지은 엄마가 간호사를 호출했고, 지은이의 상태를 확인한 간호사가 장영은 선생에게 곧바로 연락을 취했다.

곧바로 장영은이 내려와 지은이의 상태를 확인했다.

39도가 넘는 고열에 피를 동반한 거친 기침, 이에 따른 호흡곤란까지.

하악하악.

지은이는 괴로운 듯 숨을 헐떡거렸다. 호흡 역시 매우 거칠었으며 불규칙적이었다.

게다가 산소 포화도가 떨어졌는지, 손가락과 입술 주변에 청색증 증세를 호소하고 있었다.

"서, 선생님, 어떻게 된 겁니까?"

낯빛이 하얘진 지은 엄마가 떨리는 목소리로 물었다.

"음, 아무래도 인공 심장을 제거하다 보니, 심장 쪽에 무리가 와서 폐출혈이 있는 것 같습니다. 일단 기침을 멎게 하는 약을 좀 쓰고, 고농축 산소를 투여해 볼게요. 자세한 건 내일 정밀 검사를 해 봐야 알 것 같아요."

"우, 우리 지은이 정말 괜찮은 거죠?"

"그럼요. 팔이 부러져 깁스를 몇 달만 하고 있다 풀어도 일시적으로 팔이 제 기능을 하지 못하잖아요? 그런데 하물며 2년 가까이 체외 인공 심장에 의지해 왔는데, 심장이 멀쩡하면 그게 더 이상해요!"

"네, 네, 선생님!"

"그러니까 너무 걱정 마시고, 우리 교수님들을 믿어 주세요. 고함 교수님, 김윤찬 교수님, 두 분 다 우리나라 최고의 흉부외과 써전이시니까요."

"그, 그럼요! 당연히 그래야죠."

"약을 좀 쓰고, 충분히 산소 주입하면 좀 나아질 거예요. 오늘은 자주 창문 좀 열어서 환기도 시켜 주셔야 해요. 아셨죠?"

장영은이 침착하게 아이에게 처방을 내렸다.

"네, 선생님! 그렇게 하겠습니다."

며칠 후, 고함 교수 연구실.

지은이는 곧바로 흉부 엑스레이 촬영과 혈액검사를 했고, 지은이의 잦은 기침과 출혈의 원인이 밝혀졌다.

"특발성 폐 혈철소증인 것 같아."

차트를 살펴보던 고함 교수의 표정이 어두웠다.

특발성이란 말 그대로 원인을 알 수 없다는 뜻으로, 김윤찬과 고함 교수가 예상했던 대로, 체외 인공 심장을 제거하고 난 이후의 부작용이었다.

"기관지 폐 세척을 했습니까?"

"그래. 기관지경을 삽입해 확인했는데, 병리실에서 기준치 이상의 철분이 검출되었어. 지은이가 특별한 폐 질환이 없는 것을 감안할 때, 특발성 폐 혈철소증이 틀림없는 것 같아. 우리가 우려했던 일이 벌어진 것 같군."

고함 교수의 표정이 심각했다.

"그렇군요. 폐 생검을 할 필요는 없을까요?"

"지은이처럼 어린아이에겐 별거 아닌 것처럼 보이는 폐 생검도 무리가 될 수 있어. 굳이 생검까지 하지 않아도 될 것 같아. 내 경험상, 이 정도 수치면 폐 혈철소증이 틀림없으니까."

"네, 그도 그렇겠군요. 종종 가족력으로 발생하기도 하는 병인데, 지은이 부모가 이 병을 앓고 있었던 걸까요?"

"아니. 확인해 봤는데 가족력은 아니야."

"그렇다면, 역시 체외 인공 심장 분리가 그 원인일 확률이 높겠군요?"

"그렇다고 봐야겠지."

"너무 걱정하지 마십시오. 엑스레이상에 음영이 크지 않아요. 심한 폐포성 침윤까지는 아닌 듯합니다."

"나도 그 점은 다행이라고 생각해. 특발성 폐 혈철소증은 성인에게는 매우 드물지만, 지은이 같은 나이 또래에는 흔한 편이지. 어쩌면 체외 인공 심장과는 상관없을 수도 있어. 아무튼 하는 데까지는 치료를 해 봐야지."

"네, 맞습니다. 치료는 어떻게 하실 작정이십니까?"

"뭐, 일단은 부신피질 호르몬을 좀 써 봐야 하지 않겠나?"

"음, 크게 효과가 없을 텐데요?"

김윤찬이 천천히 고개를 내저었다.

"그래도 써 봐야지. 코르티코스테로이드를 써 볼 생각이야. 안 되면 다른 면역억제제도 같이 써야지. 무조건 하는 데까진 해 보는 거야."

"네, 그러는 게 좋을 것 같습니다. 계속 이렇게 피를 토하게 되면 빈혈 증세가 있을 수도 있으니, 혈장 치료도 병행하는 게 좋을 것 같군요."

"그래. 할 수 있는 건 다 해 봐야 하지 않겠나? 약물을 써서 일시적으로 회복될 순 있을지 모르겠으나, 사례를 보면 계속 재발하기도 해. 그렇다고 해서 손 놓고 있을 수는 없지. 기적적으로 되살아난 심장인데 말이야."

"그렇습니다! 조만간 존스홉킨스에 보낸 조직 검사 결과도 나올 겁니다. 원인을 알 수 없다면 모를까, 고작 특발성 폐혈철소증이니 말입니다. 교수님의 실력이시라면 충분히 극복하고도 남을 겁니다."

김윤찬이 고함 교수에게 용기를 불어넣어 주었다.

"나 천하의 고함이야. 이 정도 시련으로 무너지지 않아. 우리 지은이 반드시 고쳐 놓으마!"

"그럼요! 당근이죠."

김윤찬이 고함 교수를 향해 엄지를 치켜올렸다.

그렇게 시작된 지은이의 치료.

코르티코스테로이드를 주로 써서 치료했으며, 그래도 차도가 없는 경우 화학요법을 병행했다.

또한 혈장 치료제를 써 보기도 했고, 코르티코스테로이드로 증상이 완화되지 않는 경우 또 다른 면역 체계를 투여했다.

그렇게 고함 교수는 집에도 가지 않은 채 지은이 치료에 매달렸다.

그리고 마침내, 지은이의 증세는 완연한 회복세를 보였다. 고함 교수의 정성 어린 치료가 빛을 발한 순간이었다.

"교, 교수님! 정말 감사합니다. 우리 지은이 이제 산 건가요?"

완전히 특발성 폐 혈철소증이 치료되던 날, 지은이 엄마가 감격의 눈물을 흘렸다.

"네, 이제 병은 거의 잡은 것 같습니다. 심장도 씩씩하게 잘 뛰고 있고요."

꼬박 한 달이 넘는 시간 동안 지은이 치료에 매달렸던 고함 교수.

얼굴은 피곤에 절어 있었지만, 표정만큼은 어린아이처럼 해맑았다.

"감사합니다! 정말 감사합니다!"

지은 엄마 입장에선 감사하단 말 외에 더 할 수 있는 말이 없었으리라.

"아뇨, 저 말고 우리 지은이한테 감사하다고 해야죠. 우리 지은이가 믿을 수 없을 만큼 씩씩하게 잘 견뎠으니까요."

"교, 교수님!"

엉엉엉, 지은 엄마가 감격에 겨워 눈물을 펑펑 쏟고 말았다.

"진정하세요. 어머님도 그동안 고생이 많으셨어요. 힘들기도 하고, 지은이가 힘들어하는 모습을 보며 절 원망하시기

도 했겠죠. 잘 참고 견뎌 주셔서 감사합니다."

어느새 고함 교수의 눈가도 붉어져 있었다.

"아니에요. 제가 어떻게 교수님을 원망하겠어요? 그건 말도 안 되는 소립니다. 전 지금까지 단 한 번도 교수님을 의심하거나 원망한 적 없었어요. 그런 말씀 하지 마세요."

"네에, 그렇게 말씀해 주시니 제가 어찌할 바를 모르겠어요."

"진짜예요. 애 아빠랑 몇 번이고 다짐하고 또 다짐했어요. 교수님이 못 하시는 거면, 천하의 그 누구도 못 살려 낸다, 하나님도 살려 내시지 못한다. 그러니까 우리 혹시 지은이가 잘못되더라도, 고함 교수님을 원망하지 말자! 이렇게요."

"하아, 지은이도, 어머님도 그리고 지은이 아버님도 너무나 훌륭하게 잘 견뎌 주셨습니다. 그래서 지은이가 기적을 일으킨 것 같아요! 아씨, 어머님! 저 이제 다 늙어서 그런가, 도저히 눈물을 못 참겠네요. 좀 울어도 됩니까?"

"흑흑흑, 그럼요. 맘껏 우셔도 돼요. 교수님!"

"알겠습니다. 저도 좀 울겠습니다. 억지로 참으려고 하니까 미치겠네요."

엉엉어엉, 고함 교수가 소리 내 울음을 터뜨렸다.

그렇게 고함 교수의 헌신적인 노력과 지은이 부모들의 고함 교수에 대한 믿음 덕분에 지은이는 완쾌할 수 있었다.

지은아! 이제 맘껏 뛰어다니렴! 네 심장은 그 누구의 심장

보다 튼튼하단다!

고함 교수가 흐뭇한 표정으로 어깨를 들썩이는 지은 엄마의 등을 두드려 주었다.

1년 후.

그렇게 지은이는 완전히 나아 건강한 심장을 되찾았다.

고함 교수 역시 전성기 시절의 그 모습을 찾아가고 있을 무렵.

연희병원 윤 이사장은 지병으로 인해 사망했고, 연희재단의 권력은 장녀인 윤미순에게 승계되었다.

하지만 그렇다고 연희재단이 완전히 윤미순의 손아귀에 들어온 것은 아니었다.

윤 이사장이 두 남매 간에 경쟁을 붙여 놨던 것.

연희재단의 상당 지분을 윤미순의 남동생인 윤장현을 위해서 남겨 놓았다.

결국, 그는 죽는 그 순간까지 연희재단의 주인 자리를 공석으로 남겨 놓았다.

거의 다 잡은 것이라고 생각했던 윤미순 입장에선 억울했을 테고, 윤장현의 입장에선 구사일생 다시 한번 연희재단의 주인이 될 기회를 잡은 것이다.

그렇게 모든 것이 정리되고, 그동안 가라앉아 있던 윤장현이 마침내 수면 위로 떠오르게 되었다.

윤 이사장의 사망을 계기로, 미국 생활을 정리한 윤장현.

모든 장례 절차가 마무리되자마자 연희대학교 부속병원, 진료 부원장에 부임하게 되었다.

마침내 연희병원 황태자의 귀환이었다.

남매전

조병천 원장 집무실.

윤장현이 돌아왔다.

10년 동안 수면 아래로 가라앉아 있던 빙산이 마침내 모습을 드러냈다.

연희재단 이사장인 아버지와의 갈등에 도피성으로 미국으로 간 지 10여 년 만에 말이다.

어린 시절부터 반골 기질이 다분했던 윤장현.

명석한 두뇌와 능력을 갖춘 그였지만, 병원 경영에 관해서는 아무런 관심이 없었다. 아니, 관심이 없다기보단 없는 척했는지도 모를 일이었다.

아무튼, 그의 등장으로 그동안 윤미순이 장악했던 연희재단의 후계 구도에 균열이 생기기 시작했다.

누구보다 윤장현에 대해서 잘 알고 있는 윤미순은 긴장하지 않을 수 없는 상황이었다.

피아 식별을 확실하게 해 둬야겠다는 것이 윤미순의 복안이었다.

이후 윤미순은 조병천 원장을 찾아갔다.

"당신, 장현이 오는 것 알죠?"

"네, 다음 주 월요일부터 출근한다고 연락받았습니다!"

"내 말은 그런 뜻이 아니잖아요?"

조병천의 답답한 대답에 히스테리 증세를 보이는 윤미순이었다.

"네? 그게 무슨……."

"처신을 똑바로 하란 말이에요. 이 병원의 수장은 당신이란 말입니다! 장현이한테 휘둘리지 말라고요."

"아, 네. 명심하겠습니다!"

"명심! 명심! 명심! 당신은 항상 이런 식이에요. 명심만 하지 말고 보감(보배롭고 귀중한 거울)이 될 수 있도록 하세요. 부자지간에 의절을 하셨어도 역시 아버지 마음속엔 장현이가 있었던 거예요."

"……."

"결국, 나와 장현이에게 경쟁을 붙였잖아요. 장현이, 절대로 그냥 물러설 애가 아니에요."

"음……. 아무리 그래도 처남은 지금까지 의학만 공부했고 의사로서 살아왔는데, 당신과 상대가 되겠어요? 게다가, 당신을 무서워하잖소?"

조병천 원장은 여전히 안일한 생각에 빠져 있었다.

"천만에요. 그건 당신이 몰라서 하는 소리예요. 그래요, 물론 어릴 때부터 나를 무서워했죠. 저도 그런 줄만 알고 있었어요."

윤장현을 떠올린 윤미순의 표정은 어두웠다.

"아니란 말씀이에요?"

"물론이죠. 지금 생각해 보면, 무서워서가 아니었어요. 무시했던 거지."

"무시라뇨? 설마?"

"네, 어릴 때부터 항상 말썽만 피웠는데, 그 말썽의 결과가 항상 저한테 미쳤어요. 그것도 별로 유쾌하지 않은 방식으로 말이에요."

"음, 그건 다 어린 시절의 일이잖아요. 게다가 두 분은 남매지간인데요? 이제 피붙이라곤……."

"당신은 그래서 안 된다는 거예요. 그러니까 더 무시하기가 쉬워졌죠! 그동안 내 뒤에는 아버지라는 공포스러운 존재가 있었어요. 결국 나를 두려워했던 것이 아니라 아버지를 두려워했던 거고. 그런데 지금 아버지는 돌아가시고 없습니다. 그러면, 이제 날 두려워할 이유도 없겠죠. 결국 무시하겠죠, 철저히! 이제 해볼 만하다고 생각할 테니까. 지금부터 피 말리는 전쟁이 시작될 거예요. 그러니까 정신 바짝 차리라는 겁니다!"

천하의 여장부 윤미순. 그녀의 얼굴에 긴장감이 역력했다.

"하아, 그러면 어떻게 해야 하는 거죠?"

"이보세요, 남편분! 제발 부탁인데, 생각 좀 하고 사세요. 본인 머리가 안 되면 남의 머리라도 빌리시든가요. 네?"

윤미순이 짜증 섞인 목소리로 쏘아붙였다.

"남의 힘이라면?"

"지금부터 내 말 잘 들어요. 전쟁이란 같은 편끼리 싸우는 게 아니에요. 결국 적이랑 싸우는 거지. 그렇게 적과 싸우려면 아군인지 적군인지 피아 식별부터 하는 것이 우선이에요. 일단 병원 내 동향을 살펴보세요. 나한테 붙을 인간이 누구인지, 장현이한테 붙을 인간이 누구인지."

"아하! 네, 알겠습니다."

"일단, 명확한 내 편과 남의 편이 정해진 사람은 분명 있습니다. 김윤찬 교수! 그리고 한상훈 과장! 이 두 사람은 명확해요."

"음, 김윤찬 교수가 우리 편인 것만큼은 확실합니다! 한상훈 과장이 처남이랑 친하고, 그런 한상훈 과장과 김윤찬 교수는 앙숙이니까."

조병천 원장이 자신만만한 표정을 지었다.

“김윤찬 교수라……. 그렇죠. 지금까진 우리 쪽인 건 확실하죠. 하지만, 그 사람이 끝까지 내 편이라고는 장담할 순 없죠.”

“네?? 그게 무슨 말씀입니까? 김윤찬 교수는 완전히 저희 편입니다. 그건 제가 장담해요!”

간만에 조병천 원장이 목소리 톤을 높였다.

“그래요. 당신은 그렇게 생각하고 있는 게 맞습니다. 아무튼, 무슨 일이든 당신 독단적으로 처리하지 말고, 김윤찬 교수와 상의하세요. 김 교수야말로 전장의 야전 사령관 같은 존재이니까 충분히 활용할 가치가 있어요. 아직까진 말이죠.”

윤미순이 생각을 전혀 읽을 수 없는 표정을 지었다.

“네, 알겠어요. 그렇게 할게요.”

❤

김 할머니 자택.

김윤찬이 김 할머니의 건강을 체크하기 위해 그녀의 집을 찾았다.

“혈압이 약간 높으신데요? 꾸준히 약을 드시는 것 같지 않은데?”

김 할머니의 혈압을 체크한 김윤찬이 물었다.

"아이고, 내가 얼마나 더 산다고 약을 입에 달고 사니?"

"하아, 혈압 약은 꾸준히 드시라고 말씀드렸잖아요?"

김윤찬이 눈살을 찌푸렸다.

"알았다. 먹으면 되잖니?"

"아니, 어머니! 협심증은 그렇게 간단한 병이 아니에요. 꾸준히 드셔야 한다고요! 식단은 제가 적어 드린 대로 드시긴 하시는 거예요?"

"그렇대두!"

"하아, 제가 김 비서님한테 확인 이미 다 했거든요? 자꾸 이렇게 맵고 짠 음식 드실 겁니까?"

"알았다니까! 무슨 잔소리가 그렇게 많니?"

"어휴, 어린애처럼 왜 이러실까요? 저, 진짜 다음에도 제가 짜 준 식단대로 안 드시면 화낼 겁니다?"

"이 간나새끼, 무슨 잔소리가 그렇게 많니? 알았다, 알았어."

김 할머니가 짜증 섞인 목소리로 옷소매를 끌어내렸다.

"진짜 약 잘 챙겨 드시고, 음식도 조절하시고, 제발 부탁이니까 담배 좀 끊으세요!"

"야, 이 새끼야. 내가 서방이 있니, 뭐가 있니? 유일한 낙이 담배 한 대 피우는 건데 그걸 못 하게 해?"

김 할머니가 야속하다는 듯이 눈을 흘겼다.

"네네, 담배는 절대 안 돼요! 정 그러면서 저 다신 안 올 테니까, 맘대로 하시든가요."

"알았다니까? 너 요즘 협박이 엄청 늘었다?"

"협박 안 하게 생겼어요?? 협심증을 무슨 감기쯤으로 알고 계신 것 같은데, 그러다 큰일 나세요."

"홀홀홀, 큰일 나면 너만 좋은 거 아니니? 내 재산 홀랑 털어먹을 수 있으니까 말이다."

"장난이라도 그런 말씀 마세요."

"크크크, 걱정 마라. 나 죽기 전에 재산 정리는 칼같이 하고 갈 거니까."

"와……. 진짜 그만하시죠? 저도 돈 많아요. 메디큐브 지분만 팔아도 먹고사는 데 아무 지장 없거든요?"

"이 새끼야, 그걸 왜 팔아? 그냥 죽을 때까지 가지고 있으라. 차곡차곡 모아서 지분 5%만 만들어. 네놈 3대가 편하게 먹고살 수 있을 테니까."

"후후후, 그럴까요?"

"당연하지. 때려 죽어도 메디큐브 주식은 꼭 쥐고 있으라. 알간?"

"네네, 알겠습니다. 하지만, 어머니 이렇게 제 말 안 들으면 다 팔아 버리고 지후랑 미국으로 건너갈 거니까 그렇게 아세요."

"하아, 간나새끼 갈수록 협박질이 느는구나야. 그나저나 오늘은 왜 지후 안 데리고 왔니? 아주 눈에 밟혀 죽갔어야!"

"지난주에도 데리고 왔잖아요."

"그건 지난주고! 이번 주는 안 데리고 왔잖아!"

"알았어요. 다음 주에 데리고 올게요."

"고럼, 고럼. 너는 안 와도 좋으니까, 지후랑 지후 애미만 보내라. 내래 지후 주려고 장난감을 한 트럭은 사다 놨어."

"네에, 알았습니다."

"목소리가 왜 그래? 니, 삐졌니?"

"아닙니다. 뭐 인생이 다 그렇고 그런 거죠. 저야 이제 후순위 아닙니까?"

"알긴 아니까 다행이다야. 그나저나, 장현이 그 종간나새끼 출근한다면서?"

김 할머니가 화제를 바꿨다.

"네. 월요일부터 출근하신다고 들었습니다."

"미순이 고거 아주 똥줄이 제대로 타겠구나야."

"음, 그 정도에 긴장하실 분은 아닌 것 같습니다."

"과연 그럴까? 미순이 남매는 딱, 풍산개와 늑대지."

"……."

"너 풍산개가 얼마나 독한 놈인지 아니?"

"네. 주인에게는 충성하지만, 적을 만나면 호랑이도 무서워하지 않는다고 들었습니다."

"맞다. 풍산개가 정말 독한 녀석이지. 일대일로 싸워서는

곰하고 붙어도 밀리질 않아. 암! 이북의 명물이지, 명물!"

"음, 윤미순 이사장님이 풍산개에 해당이 되겠군요."

윤 이사장이 사망하고 윤미순이 그 뒤를 이어받아 연희재단의 이사장이 되었다. 물론, 그 전부터 실질적인 이사장이긴 했지만.

"고럼. 너 눈깔을 폼으로 달고 다니는 건 아니구나야. 맞다! 미순이 고년은 딱 풍산개랑 닮았어."

김 할머니가 고개를 끄덕였다.

"그렇다면 윤장현 부원장님이 늑대라는 뜻이 되겠군요."

"그렇지. 장현이 이놈아는 늑대 기질을 타고난 놈이야. 그것도 시베리아 늑대 기질을."

"네, 그렇군요."

"좋아! 기럼 너 내가 퀴즈 하나 내 볼 테니까 맞혀 볼래?"

"네, 말씀하세요."

"늑대랑 풍산개랑 싸우면 누가 이기갔니? 아, 윤미순이하고 윤장현이하고 빗대서 생각하지 말고 그냥 직관적으로 말해 보라."

"풍산개가 이긴다는 말씀을 듣고 싶은 것 같군요."

"고 아새끼 눈치 하나는 빠르구나야. 그래. 적어도 내가 아는 풍산개라면 늑대 따위가 못 이기지, 암."

"네. 하지만 그건 일대일일 때나 가능한 거죠. 다만, 늑대는 절대로 일대일로 붙지 않아요. 승산 없는 싸움은 하지 않을 만큼 영리한 놈이니까요."

"그래? 그러면 늑대에게도 승산이 있다는 말이구나야?"

"제아무리 풍산개가 영리하고 용맹하다 할지라도 떼로 덤비는 늑대를 감당하긴 힘들겠죠."

"홀홀홀, 네 말이 맞다. 내가 사람 보는 눈 하나는 쓸 만하구나. 맞다. 장현이 그놈아는 절대로 미순이랑 일대일 맞짱은 뜨지 않을 거야. 우선 자기 사람부터 만들어 놓겠지."

김 할머니의 눈빛이 날카롭게 변했다.

"네네. 그렇지 않아도 윤장현 부원장이 부쩍 병원 사람들을 만나고 다니더군요. 원래 한상훈 과장과는 친분이 있었고, 원내 윤미순 이사장과는 각을 세우고 있는 사람들 위주로요."

"고 새끼, 발 빠르구나야. 그런 걸 다 파악하고 있었니?"

"뭐, 필연적으로 싸워야 하는 대상이라면 적어도 지피지기는 해야 할 것 아닙니까?"

"홀홀홀, 그러니까 이제 미순이 고년 쪽으로 확 붙어 버렸다 이거냐?"

"어제의 동지가 오늘의 적이 되는 세상 아닌가요? 지금은 풍산개가 좀 더 이길 확률이 높으니까요."

"풍산개가 이길 확률이 높다? 그거 근거 있는 말이니?"

"풍산개는 그 험한 개마고원에서 자라서 강인하고 용맹합니다. 게다가 풍산개는 늑대랑 가장 유전자가 유사하죠. 늑대가 떼를 지어 다닌다면, 풍산개도 그렇게 할 수 있다는 뜻이 됩니다. 풍산개 세 마리면 호랑이도 잡는다고 하지 않습니까?"

"그러니까 네가 풍산개가 되어 주겠다, 이거야?"

"뭐, 저 역시 늑대보단 풍산개 기질을 가지고 있으니까요."

"홀홀홀, 우리 윤찬이 그새 많이 변했구나야? 네가 풍산개 기질을 가지고 있다고? 세상 순진한 네놈이?"

"네. 좀 더 정확히 말씀드리면, 그렇게 변했다고 하는 게 더 정확한 표현이긴 한 것 같습니다."

"좋아! 난 그저 굿이나 보고 떡이나 먹으면 되는 거니? 제 아무리 내 새끼라도 쓸모없으면 버리는 거야. 그게 지금까지 내가 살아온 방식이니까. 니 명심해라."

"네, 최선을 다해서 늑대 한 마리 잡아 보도록 하겠습니다."

"홀홀홀, 그래그래. 아주 기대가 크구나야!"

김 할머니가 만족스러운 미소를 입가에 띠었다.

그리고 다음 주 월요일, 마침내 윤장현이 연희병원에 출근했다.

윤미순 이사장실.

윤장현이 첫 출근 하는 날, 그가 윤미순을 찾아왔다.

"이사장님, 그동안 기체후 일향 만강하셨습니까?"

윤장현이 허리를 90도 각도로 숙여 윤미순에게 정중하게 인사했다.

"안 하던 짓 하지 말고 앉아."

윤장현의 너스레가 씨알도 먹히지 않는 윤미순이었다.

"오랜만에 만났는데, 너무 퍽퍽한 거 아닙니까? 이제 피붙이라고는 우리 둘뿐인데?"

털썩, 윤장현이 몸을 내던지며 소파에 앉았다.

"뭐, 우리 파평 윤씨가 어디 너 하나뿐이겠니? 당장 덕환이도 있고, 작은아버지들도 있고 파주에 가면 그럭저럭 피붙이들은 많아."

"하하하, 우리 누님 여전하시네요."

"제가 왜 부원장님 누님입니까? 병원에선 공과 사를 명확히 구분하시죠. 윤장현 신임 진료 부원장님!"

"아이고, 제가 우리 누님……. 아니지, 이사장님 한 성깔 하신다는 걸 깜빡했네요. 미국에서 오래 살다 보니 감이 좀 떨어졌나 봅니다. 죄송합니다, 이사장님."

"죄송할 건 없고, 정신없이 귀국하느라고 겨를이 없었을 텐데 거처는 마련하셨습니까?"

"뭐, 어디 제 몸 하나 눕힐 곳이 없겠습니까? 차차 알아볼

게요.”

“거처는 제가 좀 알아봐 드릴까요?”

“하하하, 이사장님 집에 얹혀살까 봐 걱정되십니까?”

“아니요. 그럴 리가요. 저보다는 부원장님이 더 불편하실 텐데요?”

“맞습니다! 역시 우리 이사장님은 눈치가 빠르시군요. 제가 굳이 바늘방석에 앉을 필요는 없죠. 워낙 혼자 살아와서 그냥 혼자 지내는 게 편합니다.”

“그래요. 그러니까 제가…….”

“음, 그건 좀 그런 것 같은데요? 일단 조용해야 할 거고, 한강 뷰도 있어야 할 텐데, 그런 곳이면 가격이 제법 나가지 않겠어요?”

“뭐라고?”

“그런데 이사장님 사비를 털어서 사 주시지도 않으실 테고, 이런 식으로 재단 돈을 함부로 쓰면 되겠습니까? 사양하겠습니다. 남들이 보면 가족끼리 다 해 먹는다고 손가락질할 테니까요.”

“호호호, 지금 가족이라고 그랬습니까? 새삼스럽게 병원에서 무슨 가족 타령이십니까? 그냥 재단 지분을 나눠 가진 주주라고 보는 게 서로 불편함이 없지 않겠습니까?”

“역시, 똑같아요. 이사장님은 예나 지금이나 하나도 변한 게 없네요. 오랜만에 귀국하니까 죄다 바뀌었던데 그래도 안 바뀐 것도 있어서 다행이네요."

오랜만에 만난 두 남매, 두 사람의 기 싸움은 아주 뜨거웠다.

남매라기보단, 전쟁터를 사이에 두고 만난 적장을 대하는 듯한 모습이었다.

"그럼 사람이 어디 쉽게 바뀌나? 그건 그렇고 병원 사정에 어두울 텐데, 윤덕환 이사 불러다가 브리핑시켜 줄 테니까, 파악이나 좀 해 두세요."

"어휴, 우리 덕환이가 누님 덕분에 이사 자리를 다 차지하고 앉았네요? 덕환이 걔가 좀 어리바리하지 않나?"

"걱정 마세요. 시킨 일은 차질 없이 잘하고 있으니까."

"그렇구나. 이사장님이 언제부터 윤덕환이를 그렇게 챙기셨나 모르겠네? 병원에서 덕환이가 제법 쓸 만한가 봐요? 그러면 나도 좀 친해져야 하나?"

윤장현이 장난스러운 표정을 지으며 이마를 긁적거렸다.

"그러든지 말든지. 아무튼, 최대한 빨리 업무 파악이나 해 두세요."

"아아, 평생을 칼잡이로 살아온 제가 재단 일에 뭘 알겠습니까? 전 그냥 환자나 볼 테니, 재단 일은 누님이 알아서 하십시오."

뭐라고? 재단 일에 관여를 안 하겠다고? 얘가 지금 무슨 개수작질을 하는 거야?

"나보고 알아서 하라고요?"

"그럼요! 지금까지 잘해 오셨으니, 앞으로 우리 재단 잘 좀 이끌어 주십시오. 송충이가 솔잎을 먹어야지, 갈잎을 먹으면 죽습니다. 전 예나 지금이나 칼잡이예요. 그러니까 맘 푹 놓고 병원 경영하십시오."

윤장현이 능청스럽게 너스레를 떨었다.

"알았어요. 그러면 알아서 하세요."

뭔가 찜찜한 느낌을 지울 수 없는 윤미순이었다.

"공무는 다 끝났으니까, 이제 누나라고 불러도 되죠?"

"뭐, 편할 대로."

"오늘 우리 간만에 저녁이나 같이합시다? 작년에 누나가 사 준 밥이랑 술이랑 갚아야지?"

"글쎄? 오늘 이사장단 만찬이 있어서 좀 힘들 것 같은데?"

"와……. 이사장단 만찬? 그런데 가면 서운대나 고진대 이사장들도 나오나요? 우리 누님 이제 가오 좀 잡으셔야겠네요? 그나저나 고진대 한대철 이사장님은 아직도 정정하신가?"

"걱정 마, 정정하시니까. 아무튼, 나중에 집으로 초대 한번 하마. 식사는 그때 하는 걸로 하자."

"오케이. 간만에 우리 조카 선물 좀 사 가지고 가야겠군. 그러면 전 이만 돌아가 보겠습니다."

윤장현이 자리에서 벌떡 일어나 발걸음을 옮겼다.

재단 일에 관심이 없다고?? 네가?

차라리 똥개가 똥이 싫다고 하지? 의사로 살려면 굳이 한국으로 들어올 이유가 없잖아?

띠띠띠띠.

윤장현이 나가자 윤미순이 곧바로 인터폰을 눌렀다.

"장 비서, 나 오늘 바로 집으로 들어갈 테니까, 나 찾는 연락 오면 알아서 적당히 둘러대요. 오늘 속이 별로 안 좋아서 쉬어야겠어요."

–네, 알겠습니다. 이사장님!

"장 비서님, 이사장님 혹시 속이 안 좋다고 하시든가요?"

그러자 윤장현이 장 비서에게 물었다.

"네?"

"아니, 아니. 우리 이사장님이 만성 위궤양을 앓고 있어서 항상 조심해야 하는데 말이죠. 내가 그렇게 위내시경 좀 하자고 해도 말을 안 듣네? 맞나요?"

"아, 네. 이사장님 오늘 속이 안 좋으셔서 일찍 댁에 들어가신다고 하시네요."

"오! 맞구나? 오늘 병원 이사장단 만찬 있는 날 아니고요?"

"네? 아, 그게……."

"괜찮아요. 뭘 그런 거 가지고 얼굴까지 빨개집니까? 전 모른 척할 테니까, 아무 걱정 마세요. 쉿!"

큭큭큭, 윤장현이 검지를 입술에 가져다 대며 히죽거렸다.

일주일 후, 윤장현 부원장실.

빠르게 연희병원의 의료 체계를 파악하던 윤장현이 마지막으로 흉부외과를 파악하기 위해 한상훈 과장과 김윤찬을 자신의 집무실로 호출했다.

"하아, 오늘 흉부외과 브리핑만 끝나면 마지막이군요."

"네, 그렇습니다. 그동안 고생 많으셨습니다."

한상훈 과장이 먼저 한마디 던졌다.

"고생이랄 게 있겠습니까? 하나하나 배워 가면서 일하는 거죠. 한국의 진료 체계가 미국이랑 달라서 좀 힘들긴 하더군요. 안 그래요, 김윤찬 교수님? 미국에서 근무해 보셨으니 잘 아실 것 아닙니까?"

"뭐, 아픈 사람 치료하는 건 미국이나 한국이나 같으니까요."

"이봐요. 김윤찬 교수! 지금 무례하게 그게 무슨 말입니까? 얼른 사과드리세요."

김윤찬이 한마디 하자, 곧바로 한상훈 과장이 나섰다.

"불쾌하셨다면 죄송합니다."

김윤찬이 마지못해 고개를 까딱거렸다.

"하하하, 괜찮습니다. 김 교수님 말씀이 맞아요. 제가 괜한 엄살을 떨었나 봅니다. 김 교수님 말대로 결국, 아픈 환자를 살린다는 근본은 같은 거죠. 틀린 말 아니에요."

"그렇게 생각해 주신다니 감사합니다."

"그래요. 그건 됐고, 일단 일반외과와 소아외과를 살펴보니 진료 체계가 아주 잘 정비되어 있더군요. 특히나 윤이나 교수가 부임한 이후부터는 환자들 사이에서 평판이 좋더라고요?"

"그렇습니까?"

"네네. 역시 명불허전이더군요. 제가 일반외과 전공이라 잘 아는데, 소아외과는 진짜 미국에서도 귀하디귀한 인력입니다. 앞으로 윤이나 교수님에 대한 기대가 큽니다."

"네. 자기 몫은 알아서 하는 사람입니다."

"네네, 그런 것 같아요. 실력도 실력이지만, 외모도 뛰어나시고, 아주 훌륭한 배우자를 두셨습니다. 부럽습니다, 김 교수님."

"훌륭한 배우자인 건 맞지만, 이곳에선 동료일 뿐이죠. 윤이나 교수님도 안 계시는데, 공적인 자리에서 그분의 외모를 들먹이시는 건 좀 무례한 것 같군요."

"이보세요, 김윤찬 교수! 무슨 말이 그렇게 뾰족합니까? 그 정도는 그냥 넘어가면 안 되겠습니까?"

한상훈 과장이 불편한 듯 짜증 섞인 목소리로 김윤찬을 타박했다.

"하하하! 저런, 저런. 제가 공적인 자리에서 실례를 범한 듯합니다. 죄송합니다."

"아닙니다. 말씀 계속하시죠?"

"네. 제가 실언을 했다면 용서하십시오."

"네, 앞으로는 주의해 주십시오."

"네? 아, 네. 알겠습니다, 알겠어요. 그나저나 흉부외과 관련 자료를 살펴보니, 이건 뭐 미국의 존스홉킨스나 클리블랜드 클리닉, 영국의 캠브리지와 비교해 봐도 부족함이 없던데요? 정말 이 자료가 맞는 겁니까?"

윤장현 부원장이 자료를 넘겨 가며 상기된 표정으로 물었다.

"네, 맞습니다. 흉부외과 교수들과 펠로우를 비롯해 전원이 일심단결 해 이뤄 낸 성과입니다. 현재, 전국 대학병원 흉부외과 부동의 랭킹 1위를 지켜 내고 있습니다!"

흉부외과 얘기가 나오자 한상훈 과장이 기다렸다는 듯이 대화에 끼어들었다.

"음, 그런데 부동의 1위는 아니었던 것 같은데요?"

"네? 그게 무슨 말씀입니까?"

한상훈 과장이 당황한 듯 물었다.
"2년 전 평가만 봐도 우리 병원이 서운대는 물론이고 고진대에도 밀렸던 것 같은데, 그때는 한상훈 과장님이 과장으로 부임하고 있던 때가 아닌가 보죠?"
"네?"
순간 당혹감을 감추지 못하는 한상훈 과장이었다.
"아니, 이렇게 한상훈 과장님이 훌륭한 리더십으로 과를 이끌어서 지금의 놀라운 성과가 이뤄진 것 같아서 말이에요. 전 그래서 여쭤보는 겁니다. 2년 전에 우리 흉부외과 수장은 누구였습니까?"
윤장현은 이미 모든 것을 알고 있음에도 불구하고 모른 척했다.
"아……. 그게, 2년 전이라면 제가 과장으로 재직하고 있었을 때입니다."
한상훈 과장이 힘없이 고개를 떨어뜨렸다.
"아이쿠, 그랬군요? 제가 몰랐습니다."
"죄송합니다. 좀 더 열심히 노력했어야 했는데, 저한테 소홀함이 있었나 봅니다."
"에이, 아니에요. 1위라는 자리가 그렇게 쉽게 만들어지는 겁니까? 기초부터 탄탄히 쌓아서 하나하나 초석을 세워 올려야 반석에 오르는 것이겠죠. 그때부터 과장님이 열심히 노력하신 것이 이제야 빛을 발하는 겁니다."

병 주고 약 주고.

아무튼 한상훈 정도는 자기 맘대로 들었다 놨다 할 수 있을 만큼, 윤장현의 사람 다루는 능력은 대단했다.

"그렇게 생각해 주셔서 감사합니다."

"네네, 앞으로 계속 지금처럼만 노력해 주세요. 흉부외과에 거는 기대가 무척이나 큽니다! 우리 일반외과도 흉부외과 반만 따라갔으면 얼마나 좋겠습니까?"

쓰읍, 윤장현이 아쉬운 듯 입맛을 다셨다.

"그야 이제는 시간문제죠. 미국 일반외과 최고의 써전이신 부원장님이 부임하셨으니, 조만간 일반외과도 좋은 성적을 거둘 겁니다."

"암요. 저 역시 현업에서 뛰며 도울 겁니다."

"부원장님이 직접 현업에서요?"

"왜요? 진료 부원장이라고 이런 서류만 뒤적이라는 법 있습니까? 저 아직 수전증도 없고, 나이프 잡을 힘은 충분합니다?"

윤장현이 손목을 돌리며 너스레를 떨었다.

"아, 네네. 그렇죠. 부원장님이 직접 진료에 참여하신다면, 당연히 일반외과도 큰 도움이 될 겁니다."

"그래요. 저도 그랬으면 좋겠군요. 그건 그렇고, 오늘 브리핑은 대충 이 정도에서 마무리 짓도록 하겠습니다. 나가 보세요."

탁, 윤장현이 서류철을 덮었다.

"네, 부원장님, 이만 나가 보겠습니다. 김 교수, 가지!"

한상훈 과장이 자리에서 일어나며 김윤찬에게 눈치를 줬다.

"네, 과장님."

"아, 아니요. 잠깐만요. 김윤찬 교수님은 좀 더 계시죠? 제가 할 얘기가 좀 있으니 차나 한잔 합시다. 제가 미국에서 홍차를 좀 가지고 왔는데, 아주 향이 좋습니다."

"네? 그, 그럼…… 저는?"

김윤찬은 남아 있으라는 윤장현의 말에 한상훈 과장이 난감한 표정을 지었다.

"음, 딱히 과장님하고 할 얘기는 없는 것 같은데요? 저한테 하실 말씀 있습니까?"

윤장현이 모른 척 시치미를 뗐다.

"아, 아닙니다. 그러면 두 분 대화 나누십시오. 전 중요한 회의가 있어서 이만 일어나 보겠습니다."

한상훈 과장이 뾰쭘한 표정을 지었다.

"그래요. 중요한 회의면 가 보셔야죠. 그럼 얼른 나가 보십시오."

윤장현이 끝까지 모른 척하며, 한상훈을 향해 손을 내저었다.

윤장현이가 왜 김윤찬을? 지금 이게 무슨 개같은 시추에

이션이야?

하여간, 김윤찬이 이 새끼하고는 악연이야, 악연! 그때 눌러 놨어야 하는 건데…….

한상훈이 윤장현 집무실을 흘기며 발걸음을 옮겼다.

'젠장, 지금 뭐 하자는 거야?'

한상훈이 뭔가 뒷맛이 찜찜한지 몇 번을 다시 되돌아보며 툴툴거렸다.

잠시 후.

"한 과장님 이제 가셨겠죠?"

윤장현이 주변을 둘러보며 목소리를 낮췄다.

"그러신 것 같은데요."

"휴! 다행이네요. 솔직히 아끼는 차라 입 하나 줄이려고 한상훈 과장을 내보냈습니다. 셋이 마시기엔 너무나 아까워서요."

한상훈 과장이 사라진 걸 확인한 윤장현이 피식거리며 서랍에서 뭔가 예쁘게 포장된 것을 꺼냈다.

"그게 뭡니까?"

"홍차입니다! 진짜 제가 제일 아끼는 홍차입니다. 구하기 정말 힘들어요. 잠시만 기다리십시오. 제가 바로 타 드리겠습니다!"

윤장현이 미국에서 직접 공수한 프리미엄급 홍차였다.

잠시 후, 그가 직접 찻물을 끓여 홍차를 내왔다.

"음, 생각보다 쫌생이십니다. 대범하신 줄 알았는데?"

"하하하, 쫌생이?? 아직도 그런 말을 씁니까?"

쪼르르, 윤장현이 잔에 홍차를 따르며 웃었다.

"뭐, 요즘 쓰는 말은 잘 몰라서요. 예전에 어른들이 쓰던 말이 기억났습니다."

"그러게요. 제가 너무 속이 좁았나요?"

전혀 기분 나쁜 투는 아니었다.

"네. 솔직히 아니라고는 말씀 못 드리겠네요."

"하하하, 역시 김 교수님은 거침없으시고 솔직하시군요."

"뭐, 칭찬이라면 감사히 듣겠습니다."

"확실히 화통한 데가 있습니다, 김 교수님은! 차 한번 맛보십시오. 그냥 흔한 홍차와는 차원이 다릅니다."

"그렇군요. 깊은 맛이 납니다."

김윤찬이 홍차를 한 모금 베어 물었다.

"그렇죠? 입 하나 줄일 만한 차죠?"

"네에, 그렇다고 해 두죠."

"그나저나, 김윤찬 교수님 이제 한국에 들어오신 지 꽤 되셨죠?"

"네. 2년 정도 된 것 같습니다."

"이제 거의 적응이 다 되셨겠습니다."

"그럭저럭 손에 익긴 합니다."

"다행입니다. 앞으로 저 좀 많이 도와주세요. 이사장님만 편애하시지 마시고."

언중유골이라고 했던가? 농담을 던지면서도 윤장현의 말 속엔 가시가 박혀 있었다.

"제가 이사장님의 편애를 봐드릴 깜냥이 되겠습니까?"

"뭐, 인품으로 보나 실력으로 보나, 김 교수님은 탐이 날 만한 분이긴 하죠. 거 있잖습니까? 친구가 애인을 데리고 왔는데, 그 여자가 평생 찾던 이상형인 케이스요. 제가 지금 그런 기분입니다."

"무슨 소린지 잘 모르겠군요."

후릅, 김윤찬이 천천히 입술에 찻잔을 가져다 댔다.

"어떻게 연애도 안 해 본 저만큼도 감이 없으십니까? 부럽다는 거죠. 다시 말해 제가 김윤찬 교수와 친해지고 싶다는 뜻입니다!"

윤장현이 이제는 아예 대놓고 김윤찬에게 구애하기 시작했다.

"글쎄요. 친구 여친을 탐내는 것도 제정신은 아닌 것 같고, 그렇게 유혹한다고 남친을 버리는 여자도 정상은 아닌 것 같군요."

"하하하, 뭘 그렇게 민감하게 받아들이십니까? 그냥 예를 그렇게 들었을 뿐입니다. 김윤찬 교수가 이사장님과 너무 가까이 지내시니까 제가 파고 들어갈 구멍이 없다는 뜻이죠. 전, 김 교수님과 좀 더 친해지고 싶으니까요."

윤장현이 여전히 김윤찬에게 호의를 보이며 다가서려 했다.

"뭐, 불가능할 것도 없지 않을까요?"

"그게 무슨 말씀입니까?"

"친구가 데리고 온 여자가 애인이 아니면 상관없지 않습니까? 친구의 여자를 뺏었다는 비난을 받을 필요는 없을 테니까요."

"네? 누님……. 아니 이사장님과 김 교수님의 관계를 제가 잘 아는데, 그렇게 말씀하시면 제가 몹시 혼란스럽습니다? 괜한 기대를 품을 수도 있어요?"

윤장현이 은근슬쩍 김윤찬의 속내를 떠보려 했다.

"후후후, 부원장님이야말로 연애를 정말 안 해 보셨나 봅니다. 남들 눈에 연인처럼 보인다고 두 사람이 진짜 연인입니까? 그건 당사자 간의 문제지, 보는 사람의 시선은 중요하지 않습니다."

"하하하, 그러면? 그 뜻은 이사장님과 김 교수 관계를 내가 오해한 거다?"

"뭘 어떻게 오해를 하셨는지 모르겠지만, 저와 이사장님의 관계는 흉부외과 교수와 이사장님의 관계, 그 이상도 그

이하도 아닙니다.”

“그 거짓말, 제가 믿어도 되겠습니까?”

“그거야 부원장님께서 자유롭게 생각하시면 될 것 같습니다. 아무튼 전 내 편 네 편 이런 식으로 갈라 치기 하는 걸 매우 혐오합니다. 그러니 괜한 오해 없으셨으면 좋겠습니다.”

“음, 그 말은 내게도 기회가 있다는 말로 들리는군요?”

또르르, 윤장현이 다 마신 찻잔에 홍차를 따랐다.

“무슨 기회를 말씀하시는 건지는 모르겠군요.”

“제가 김 교수님과 친해질 기회죠. 다른 게 뭐 있겠습니까?”

윤장현이 김윤찬을 보며 눈을 빛냈다.

“전 언제나 열린 마음으로 사람을 대합니다. 그 진심이 통한다면 친해질 수 있겠죠. 특별히 하실 얘기가 없으시다면 전 이만 일어나 보겠습니다.”

“그러네요. 제가 눈치 없이 우리 병원에서 제일 바쁘신 분을 붙들고 있었군요. 얼른 가서 일 보십시오!”

윤장현이 자리에서 일어나 공손하게 김윤찬을 대했다.

“네, 차 잘 마셨습니다.”

“그래요. 나중엔 차 말고 위스키나 한잔하면서 우리 좀 더 흉금을 터놓아 봅시다.”

“네에, 그렇게 하시죠.”

당신이나 윤미순이나 어차피 나한테는 다 똑같아. 언젠가는 승부를 벌여야 하는 경쟁 상대거든.

너 먼저 쓰러뜨릴지, 아니면 윤미순을 먼저 칠지는 윤장현! 당신한테 달렸어.

밖으로 나온 김윤찬은 잠시 부원장실의 문을 응시하다가 발걸음을 옮겼다.

김윤찬 교수 집무실.

윤장현 부원장과의 독대가 궁금했는지 이택진이 김윤찬을 찾아왔다.

"윤장현 부원장이 뭐래?"

"뭐가 궁금한데?"

"그냥, 뭐. 아무래도 새로운 인물이 나오면 이것저것 변화가 생기는 건 당연하잖아?"

"신경 꺼. 우리 과에는 큰 변화 없을 거니까."

"그렇긴 한데, 요즘 병원 돌아가는 꼴이 뒤숭숭해서 신경이 안 쓰이려야 안 쓰일 수가 없네?"

이택진이 아랫입술을 질끈 깨물었다.

"뭐가 뒤숭숭한데?"

"음, 그게 말이야. 뭐랄까? 지금까지는 10 대 0이었던 게, 대충 7 대 3은 된 것 같거든? 변화라고는 윤 부원장이 출근한 거 하나뿐인데."

"후후후, 능력 있는 사람이네? 들어오자마자 지분을 30퍼나 확보했어?"

이택진에 비해 김윤찬의 표정은 한결 여유로웠다.

"지금 돌아가는 상황이 심상치가 않아. 산부인과 도도한 교수를 중심으로 뭉치는 분위기라고. 조만간 6 대 4, 5 대 5로 갈 수도 있어. 너도 조심해. 이럴 때일수록 줄다리기 잘해야 한다?"

"무슨 줄다리기?"

"윤미순 이사장이 너 각별하게 생각하고 있다는 거, 병원에서 모르는 사람이 어디 있냐? 다들 널 윤 이사장 사람으로 알고 있어."

"그거야 그 사람들 사정이고."

"그럼? 아니라는 거야?"

이택진이 눈을 동그랗게 뜨며 물었다.

"난 사내 정치에는 아무런 관심이 없어. 그냥 내 일만 충실하게 할 뿐이야."

"그거야 그렇긴 하지. 그런데 세상이 널 가만두지 않을걸. 솔직히 지금 우리 병원에서 너만큼 주목받는 사람이 어디 있냐? 들어온 지 2년 만에 흉부외과 순위를 전국 톱으로 만들어 놓은 장본인인데."

"뭐, 찢고 까불고 맘대로 하라고 해. 난 상관없으니까. 그러니까 너도 괜히 경거망동하지 말고, 잠자코 있어. 괜히 휘둘리지 말고."

김윤찬이 이택진에게 단단히 주의를 주었다.

"나야 무조건 너 하자는 대로 하지. 그런 건 상관없는데, 괜히 네가 곤란을 겪을까 봐 그러는 거지. 넌 내 운명을 쥐고 있는 밥줄이잖냐. 존경한다, 친구야."

이택진이 너스레를 떨며 김윤찬을 추켜세웠다.

"그냥 너나 나나 의사로서 본분을 다하면 그만이야. 그러니까 귀 막고 입 닫고 있어. 괜히 부화뇌동하지 말고."

"알았어. 네가 그렇게 하라면 그래야지. 그나저나, 지금 완전히 남매간에 전쟁이 벌어졌는데, 진짜 윤 이사장이 이길까?"

"윤미순 이사장이 그렇게 우스워 보여? 그런 걱정을 하게?"

"하아, 그치? 천하의 여제인데 그렇게 안 되겠지?"

"무너졌을 거면 벌써 무너졌어. 애초에 이사장 자리에 앉지도 못했을 거야. 돌아가신 이사장님이 그렇게 녹록한 분일 것 같아? 결론부터 말하면 윤미순 이사장이 이길 거야. 걱정 마라."

"그걸 어떻게 장담해?? 사람 일은 알 수 없는 거잖아?"

"지석 형님이 나한테 해 준 말이 있어."

"경파 그룹 간지석 회장?"

"그래. 조직에서 후계자로 키울 사람에겐 절대로 피를 묻히지 않는다고 했어."

"피를 묻히지 않는다? 그건 아닌 것 같은데? 지금 윤미순 부회장하고 윤장현 부원장 둘한테 싸움을 붙이셨잖아?"

"그렇게 생각해? 만약에 싸움을 붙일 요량이셨으면, 이사장 자리를 놓고 싸우게 했어야 하는 게 맞지 않아?"

"음, 네 말을 들어 보니 또 그런 것 같기도 하네. 이미 윤미순 이사장을 후계자로 낙점했다면 뭐 하러 윤장현을 불러들인 거지, 돌아가신 이사장님은?"

이택진이 궁금한 듯 물었다.

"강하게 키우려고겠지. 윤미순 이사장이 실제로 싸움이란 걸 해 본 적이 없잖아? 그래서 강해질 수 있는 기회를 주신 거야."

"아하! 근데 그러다가 지면?"

"후후후, 진다 해도 자기 자식이잖아? 그게 어디 가겠니?"

"와……. 진짜 여우 같은 늙은이구나, 그 양반? 어떻게 돌아가시면서까지 그런 생각을 한 거냐?"

이택진이 어이없다는 듯이 혀를 찼다.

"그러니까 맨손으로 이만한 의료 재단을 키웠겠지. 아무튼 야구로 치면 한국시리즈 직행권을 가지고 시작하는 거야, 윤미순 이사장은. 플레이오프를 거쳐 올라오는 윤장현에 비해 체력적인 면이나 기술적인 면이나, 모든 게 절대적으로 유리해."

"음, 그렇긴 한데 간혹 준플레이오프, 플레이오프 거쳐 올라오면서 우승하는 팀도 있잖아."

"당연히 있지. 그러니까 좀 더 지켜보자는 거야. 적당히 거리감을 유지하면서."

"와……. 일단 한쪽으로 치우치지 않겠다, 이거냐?"

"그렇다기보단 일단 구경 좀 하겠다는 거지. 그러니까 너도 언행에 주의해. 게임하는 선수들은 피 말리지만 그럴수록 관중은 흥미진진한 거니까."

"아, 알았다. 그나저나 너 진짜 어리바리 내 친구 김윤찬 맞냐? 옛날에 비해 180도 달라진 것 같아."

"큭큭큭, 모르지 가끔 나도 내가 누군지 잘 모를 때가 있으니까."

김윤찬이 입가에 희미한 미소를 띠었다.

"아무튼, 난 너만 믿는다! 난 죽으나 사나 너야. 그러니까 알아서 해라, 지지고 볶든!"

"그래. 너도 그렇고 고함 교수님도, 이상종 교수님도 그렇고, 예전에 날 지켜 줬던 사람들! 이제는 내가 지켜야지."

"암암! 그래야 내 친구, 김윤찬이지. 아! 맞다! 그나저나 간지석 회장 얘기가 나와서 말인데, 얼마 전에 서운대병원에 다녀갔다더라. 오랜만에 최 교수 만났는데 그러더라고."

"지석 형님이? 나한테 아무 말도 없었는데?"

"그래. 나도 그게 좀 이상해서 물어봤는데, 최 교수야 그 이유를 알 리가 없지."

"그래서? 최 교수한테 가서 뭘 하셨는데?"

"의사한테 뭘 하겠냐? 진료받고 왔겠지. 오늘 너한테 그 얘기 하려고 했는데 내가 그만 깜빡했네."

"진료를 받았다고?? 우리 병원 놔두고 서운대병원 가서 무슨 진료를?"

김윤찬이 난감한 듯 흘러내린 앞머리를 쓸어 올렸다.

형!

"예전에 너한테 복부 대동맥류 수술을 받았잖아? 그래서 확인차 온 것 같던데?"

"그러니까 말이야. 그 확인을 왜 나한테 안 보고 최 교수한테 보러 가시냐고?"

김윤찬의 목소리 톤이 올라갔다.

"너한테 부담 주기 싫어서 그런 게 아닐까? 간지석 씨가 원래 널 겁나 끔찍하게 생각하잖아? 그러니까 서운대 최 교수를 찾아갔겠지."

이택진이 대수롭지 않은 반응을 보였다.

"그게 말이 돼? 형이랑 나랑 어떤 사이인지는 너도 알잖아? 우리 사이에 부담은 무슨 부담이야? 나한테 수술을 받았으면 나한테 와야지, 서운대 병원에 왜 가는데?"

김윤찬이 조금은 신경질적인 반응을 보였다.

"아씨, 근데 왜 나한테 화를 내냐?"

김윤찬이 몰아붙이자, 이택진은 뾰로통한 반응을 보였다.

"아…… 미안. 그렇지만 이상하잖아? 형님한테 무슨 일이 생긴 건 아닐까?"

"에이, 아니야. 별거 아닐 거야. 너무 걱정 마."

김윤찬이 불안해 보이자, 이택진이 손을 내저었다.

"아냐, 뭔가 석연치가 않아. 그렇지 않아도 시간이 꽤 흐른 것 같아서 병원에 한번 나오시라고 하려 그랬거든."

"아 진짜! 무슨 의심병이 그렇게 심해? 그 양반이 너 신경 쓰게 할 사람이냐? 그래서 그런 거겠지."

이택진이 대수롭지 않다는 듯이 대답했다.

"아무리 그래도……. 그건 그렇고, 검사는 했대? 수술받은 지 꽤 지나서 이것저것 검사해야 할 게 많을 텐데?"

"아니! 그냥 뭐 문진만 하고 가셨다던데? 근데 안색이 안 좋아 보이긴 했다더라."

"야, 이택진! 너 지금 그걸 말이라고 해? 대동맥류 수술을 받은 환자야! 그런데 그냥 문진만 했다고? 최소한 초음파는 봤어야 할 것 아냐? 최 교수 그 인간, 그래도 되는 거야?"

평소의 김윤찬답지 않게 조금은 흥분한 모습이었다.

"야! 그게 무슨 소리야? 환자가 하지 않겠다는데, 어떻게 의사가 억지로 검사를 하나? 그렇지 않아도 안색이 안 좋아 보여서 최 교수가 검사를 좀 하자고 했는데, 한사코 안 하겠다고 하더래."

"그래도 했어야지!"

흥분한 김윤찬이 목소리 톤을 높였다.

"인마, 그런 게 과잉 진료야. 최 교수 입장에선 당연히 환자의 의견에 따라야 하는 거고. 그리고 왜 이렇게 흥분하는 건데?"

"하아, 아냐. 미안하다. 내가 필요할 때만 연락하고 내 잇속만 차려서 그래. 지석 형님이 나한테 어떻게 대해 주셨는데, 난 배은망덕한 놈이야."

한국에 오자마자 장길수 검사를 잡는 데 그의 도움을 받았던 김윤찬.

그 이후로 바쁘다는 핑계로 연락 한번 제대로 하지 않은 자신이 부끄럽고 원망스러웠으리라.

"그래. 네 맘은 충분히 이해해. 하지만 너도 정신없이 바빴잖아. 그분도 충분히 이해해 주실 거야. 요즘 경파 그룹 보니까 완전히 잘나가던데, 그분도 바쁘셨겠지."

"음, 아무래도 뭔가 느낌이 안 좋아. 괜히 병원에 오실 분이 아니야. 뭔가 있을 거야. 당장 지석 형님을 만나 봐야 할 것 같아."

"그래그래, 그러면 되잖아. 별거 아닐 거야. 너무 신경 쓰지 마.”

“알았어. 바로 연락해 봐야겠어.”

젠장, 내가 그동안 너무 무심했어. 형님, 대체 무슨 일이 있는 겁니까?

자신이 직접 집도를 했음에도 불구하고 김윤찬을 찾아오지 않은 간지석.

김윤찬은 그런 간지석에게 불안감을 느꼈다.

❤

“이봐, 최 교수! 나야, 김윤찬.”

—그래, 윤찬아! 오랜만이다. 한국 들어왔다는 소식은 택진이한테 들었는데, 먹고살기 바쁘다 보니 얼굴 한 번을 못 보네?

“그러게. 나중에 택진이랑 자리 한번 마련하자. 그건 그렇고, 경파 그룹 간지석 회장이 너희 병원에 왔다면서?”

—택진이한테 들었구나?

“그래, 택진이가 그러더라. 그래서 궁금해서 전화했어.”

—음, 특별한 건 없었어. 몇 가지 물어보시길래 말씀만 전해 드렸지. 그런데 좀 이상하더라?

“뭐가 이상한데?”

—경정맥이 부풀어 오른 것 같고, 팔다리 쪽에 부종이 있

더라고. 그래서 일단 검사를 좀 하자고 했는데, 한사코 거부하시더라? 그래서 검사를 못 했어.

"그래? 지석 형님 복부 대동맥류 때문에 수술한 거 알고 있었어?"

-알지, 진료 기록에 전부 뜨는데. 그래서 더욱더 의심이 가서 검사를 해 보자고 했거든? 그런데 한사코 안 하신다고 하더라고? 내가 보기엔 DCMP(확장성 심근병증)가 의심되긴 하던데…….

"후우, 그래? 최 교수가 보기에 그랬단 말이지?"

-그래, 분명 확장성 심근병증이 의심되는 소견이었어. 그래서 심전도라도 해 보자고 했는데…….

"그랬구나. 다른 말은 없었어?"

-있었어. 심부전 관련해서 이것저것 여쭤보시더라고? 당신 작은아버지가 심부전에 걸려서 수술해야 하는데 걱정이라고 하면서.

"뭐라고?? 작은아버지? 확실해?"

-어! 그래서 병원에 한번 모시고 오라고 했지. 그런데 그건 왜?

"아냐, 아무것도. 혹시라도 다시 지석 형님 오시면 나한테 바로 연락해 줘."

-그래, 알았어. 그렇지 않아도 너 말고 나한테 찾아온 게 이상하긴 했어. 오시면 바로 연락할게.

"그래, 고맙다. 나중에 시간 내서 보자. 수고해."

-그래, 알았다.

지석 형님한테 작은아버지는 계시지 않는다! 분명 뭔가 있는 게 틀림없어.

최 교수와의 전화를 끊은 김윤찬은 마음이 급해지기 시작했다.

김윤찬이 곧바로 간지석에게 전화를 걸었다.

띠띠띠띠.

-현재 고객님의 전화기가 꺼져 있어 전화를 받을 수 없습니다.

'뭐야? 전화번호는 그대로인 것 같은데…….'

김윤찬이 간지석에게 전화를 걸었지만, 그의 전화기는 꺼져 있었다. 잠시 후 다시 전화를 걸어 봤지만, 간지석의 핸드폰은 여전히 꺼져 있었다.

김윤찬은 곧바로 경파 그룹 비서실에 전화를 걸었다.

"간지석 회장님 계십니까?"

-누구십니까?

"네, 연희병원 김윤찬이라고 합니다. 회장님께 말씀 좀 전해 주십시오."

-아, 김윤찬 교수님! 안녕하십니까?

비서실에서도 김윤찬의 존재를 알고 있는 모양이었다.

"네네. 저야 별일 없지요. 그런데 얼마 전에 간지석 회장님이 병원에 다녀갔다는 소식을 들어서 궁금해서 전화드렸습니다."

–아……. 그러셨군요. 그런데 어쩌죠, 회장님이 지금 안 계시는데.

"네? 무슨 일이라도 있는 겁니까?"

간지석이 회사에 없다는 비서의 말에 김윤찬은 가슴이 철렁 내려앉았다.

–아, 그게 좀 곤란하긴 한데…….

"네? 곤란하다뇨? 그게 무슨 말씀입니까? 회장님과 전 친형제나 다름없는 사이입니다. 걱정이 돼서 그러니 좀 알려주십시오."

–네네, 저도 회장님과 김 교수님이 각별한 사이시라는 건 잘 알고 있습니다. 그런데…… 말씀드릴 수가 없네요. 회장님이 그 누구에게도 알려 드리지 말라고 하셨습니다. 죄송합니다.

도대체 무슨 일인데 이러는 걸까?

김윤찬의 마음은 점점 더 조급해져 갔다.

"하아, 좋습니다. 그러면 뭐 하나만 더 여쭤봐도 되겠습니까?"

–네, 말씀해 보세요.

"요즘 회장님 건강은 어떠십니까? 신문을 보니 최근까지도 활발하게 활동을 하신 것 같던데요."

—후우, 죄송합니다. 회장님의 건강 문제는 그룹 대외비라서요. 말씀드릴 수가 없습니다.

"제가 회장님의 대동맥류 수술을 직접 한 집도의입니다. 환자의 건강을 위해서라도 알려 주셔야 하는 것 아닙니까?"

—정말 곤란합니다. 제가 교수님께 말씀드릴 수 있는 사항이 아닙니다!

"그러지 마시고 제발 좀 알려 주십시오."

—후우, 이걸 어떻게 하지? ……좋습니다. 제가 다른 건 말씀드리기 곤란하고, 이거 하나만 말씀드리겠습니다.

"뭡니까, 그게?"

—회장님 지금 서울에 안 계십니다! 여기까지가 제가 교수님께 말씀드릴 수 있는 최선입니다. 더 이상은 묻지 말아 주십시오.

"서울에 안 계신다뇨? 그럼 지방 공장에라도 내려가셨다는 겁니까?"

—아뇨. 그룹 일은 다른 분께 맡겨 두셨습니다.

"다른 분한테요? 왜요?"

—죄송합니다. 더 이상은 드릴 말씀이 없습니다. 죄송합니다. 전화 끊겠습니다.

"여보세요? 여보세요?"

뚝, 비서관이 먼저 전화를 끊어 버렸다.

분명히 지석 형님 신변에 문제가 있는 게 틀림없어!

통화를 마친 김윤찬이 내린 결론이었다.

그날 밤, 김윤찬의 아파트.

저녁 먹고 아들을 재운 후, 김유찬이 윤이나와 함께 서재에서 차를 마셨다.

"차 맛 좋다!"

윤이나가 홍차를 베어 물고는 흡족한 미소를 지었다.

"어. 윤장현 부원장이 준 거야. 미국에서 사 가지고 왔다더라."

"그래? 진짜 향이 깊고 풍부해. 오랜만에 이런 차를 마셔 보는 것 같아."

"그래? 난 뭐 잘 모르겠던데."

"큭큭큭, 윤찬 씨야 항상 그렇지 뭐. 얼마 전까지만 해도 삼겹살이랑 목살도 구분 못 했잖아. 소고기 맛도 제대로 모르고."

"뭐. 먹는 게 다 거기서 거기지. 난 그런 거에 별 관심 없어."

"하여간 새침하긴?"

윤이나가 눈을 흘겼다.

"그런가?"

“그래그래. 당신도 이제 좀 잘 챙겨 먹어! 한 집안의 가장인데, 체력 보충 좀 해야지! 내가 준 비타민이랑 루테인 잘 먹고 있지?”

“어, 꼬박꼬박 챙겨 먹고 있어.”

“내일부터는 이거도 마셔야 해.”

윤이나가 커다란 상자 하나를 테이블 위에 올려놓았다.

“이게 뭔데?”

“흑염소 진액이야. 엄마가 유명한 데서 푹 고아 즙으로 만든 거래. 그러니까 꼭! 챙겨 먹어.”

“하아, 비타민이면 충분한데 이런 걸 보내셨어?”

“큭큭큭, 그냥 먹어. 엄마 정성이니까. 엄마가 자기 겁나 챙기는 거 몰라?”

“그렇긴 한데……. 알았어, 챙겨 먹을게.”

“오구오구, 우리 남편 정말 착하네? 맛 좀 볼래? 비린내도 안 나고 담백하다고 하더라.”

툭툭툭, 윤이나가 김윤찬의 엉덩이를 두드려 주면서 흑염소 팩 하나를 집어 들었다.

“아냐, 아냐. 내일부터 마실게. 지금 배불러. 그건 그렇고 이나야, 아무래도 지석 형님한테 무슨 일이 있는 것 같아.”

김윤찬이 근심 가득한 얼굴로 말했다.

“왜요? 간 회장님한테 무슨 문제라도 있어요?”

“음, 그런 것 같아.”

"내가 알기론 윤찬 씨한테 복부 대동맥류 수술을 받았던 걸로 아는데. 맞아?"

"응. 미국에 가기 전에 내가 수술을 했거든. 그 이후로 별 문제가 없는 걸로 아는데, 얼마 전에 서운대 최 교수한테 진료를 받았던 모양이야. 내가 너무 무심했던 것 같아."

김윤찬이 자책하며 안타까워했다.

"이 부분은 남편이라고 당신 편을 들어 줄 수가 없네. 그건 당신 잘못 맞아. 대동맥류가 문제가 아니잖아? 언제 어떤 합병증이 있을지도 모르는데, 그렇게 무심하면 안 되지."

지금은 아내가 아닌, 동료로서 따끔하게 충고하는 윤이나였다.

"맞아. 내가 환자를 너무 소홀하게 대했어. 인정해."

김윤찬이 고개를 푹 숙였다.

"그래. 알면 됐어. 이제부터 당신이 수습을 해야 할 것 같은데? 당장 우리 병원으로 모셔 와."

"그렇지 않아도 그러려고 연락을 해 봤는데 연락 두절이야. 비서실에선 뭔가 알고 있는 것 같은데 함구하는 것 같아. 지금 서울에 없다더라고. 게다가 모든 일정도 뒤로 미룬 것 같던데, 대체 어딜 간 건지!"

"대기업 회장님이 모든 일정을 미루고 잠적했다? 이거예요?"

"어, 그런 것 같아."

"음, 우리 남편 헛똑똑이 맞네. 난 바로 감이 오는데?"

"감이 온다고?"

"응, 난 바로 촉이 오는데?"

윤이나가 김윤찬을 보며 살짝 미소 지었다.

"촉이 온다니? 그게 무슨 말이야?"

김윤찬이 궁금한 듯 물었다.

"호랑이도 사자도 전부 자신의 영특함으로 제압한 여우는 그렇게 부귀영화를 누린 후에 고향으로 돌아가고 싶어 한다잖아. 수구초심이라는 말처럼."

윤이나가 부드러운 미소를 말했다.

"고향으로? 지금 형님이 자신의 고향에 가 있다는 거지?"

"응, 당신 잘 생각해 봐. 옛날에 당신이 장포 주작도로 의료봉사 활동 갔을 때 일을."

윤이나가 김윤찬에게 옛날 기억을 떠올리게 했다.

"맞아. 장포에서 자라고 컸지만, 지석 형님의 고향은 주작도야. 나중에 언젠가 나하고 같이 해변에 지는 석양을 같이 보자고 했었어!"

김윤찬이 기억 깊숙이 숨어 있던 간지석의 말을 꺼내 올렸다.

"후후후, 그러네. 그때가 지금인 것 같네."

"지금?"

"그래요. 이제 당신이랑 간 회장이 해변에 지는 석양을 마주할 때가 온 거라고. 내가 생각하기엔 그래."

"지금 지석 형님이 주작도에 계신다고 확신하는 거지?"

"아마도? 내 생각은 그래. 어쩌면 간 회장님은 그곳에서 당신을 기다릴지도 몰라. 100% 확신할 순 없지만."

"음, 당신 말이 맞을지도 몰라. 지석 형님은 술만 마시면 언제나 말버릇처럼 주작도로 내려가신다고 했어!"

"응. 그러니까 너무 걱정 말아요. 당신이 내려가서 모시고 오면 돼요."

윤이나가 입가에 온화한 미소를 머금었다.

"알았어! 지금 당장 가 봐야겠어!"

김윤찬이 자리에서 벌떡 일어났다.

"와……. 우리 남편이 이렇게 성격이 급하셨나? 여보, 지금 벌써 자정이야. 내일 천천히 내려가 봐요. 일단 병원에 들러서 휴가계도 써야 하잖아요. 워워, 참아요. 윤찬 씨!"

윤이나가 고개를 내저으며 김윤찬의 옷소매를 잡아끌었다.

"그, 그런가?"

김윤찬이 엉덩이를 들썩거리다 바로 자리에 앉았다.

"네네. 지금 김윤찬 교수님은 철부지 레지던트가 아니라, 연희병원 흉부외과의 핵심 교수님이십니다. 그렇게 감정적으로 처리할 일이 아니에요. 늦었으니 일단 자고, 내일 내려가 보세요."

"알았어. 하아, 형님한테 무슨 일이 생기면 어쩌나 조바심이 나서 그래."

"그 마음 잘 알아요. 그렇다고 마우스를 TV에 연결해서 쓸 수 있는 건 아니니까. 얼른 자요."

"알았어."

김윤찬 교수 연구실.

"택진아, 어쩌면 한 이틀 못 올라올 수도 있어. 그동안 조윤상 환자, 김민주 환자 좀 부탁해. 회복 단계에 접어들어서 크게 문제 될 부분은 없을 거야."

윤이나의 조언대로 먼저 병원에 찾아온 김윤찬이 이택진에게 부탁했다.

"알았어. 지금 장포로 내려가는 거냐?"

"어, 와이프가 그러더라. 지석 형님 거기 있을 거라고."

"음, 이나 선배가 확실히 너보다는 낫네. 10년 동안 우정을 나눴다더니, 왜 그 쉬운 걸 생각 못 했냐?"

이택진이 김윤찬을 타박하며 손가락질했다.

"그러게. 너무 쉬워서 등잔 밑이 어두웠나 봐."

"어두워도 한참 어둡지."

"음, 솔직히 주작도는 생각도 하지 않았어. 지석 형님이

언젠가는 그곳으로 갈 거라고 생각은 했지만. 지금은 고향으로 내려갈 타이밍이 아니라고 생각했거든. 그 형님 꿈은 지금보다 훨씬 컸어. 아직 그 꿈을 다 이루지 못했단 말이야."

"음, 어쩌면 죽음이 다가오고 있음을 본능적으로 감지하고 있었는지도 모르지. 그때가 되면 뭔가 지금까지의 삶을 정리하고 싶어지잖아."

"……."

흐음, 김윤찬이 말없이 옅은 신음을 내뱉었다.

"아무튼, 이나 선배 말대로 내 생각에도 간 회장님은 주작도에 계실 것 같아."

"그래. 아닐 수도 있지만, 일단 내려가 봐야겠어."

"차 가지고 갈 거냐?"

"아니, 고속버스가 더 빠를 것 같아. 내려가면서 이런저런 생각할 것도 좀 있고."

"그래. 가뜩이나 잠도 부족한 사람인데 버스에서 눈 좀 붙여라. 조심히 잘 다녀와. 이나 선배 말대로 간 회장님이 거기 계시면 바로 병원으로 모셔 오고! 이런저런 상황을 고려해 보니, 심상치 않아 보여."

"알았어. 그렇게 할게."

그렇게 김윤찬이 윤이나의 조언대로 휴가계를 쓰고 장포행 고속버스에 몸을 실었다.

간지석과의 추억이 주마등처럼 스쳐 지나갔다.

강경파 회장을 살린 이후에 맺어진 인연.

조폭 출신이라는 선입견에 그를 경계했던 것도 잠시, 김윤찬이 지켜본 간지석은 사내 중 사내였다. 간지석은 언제나 김윤찬의 든든한 버팀목이 되어 주었다.

그는 언제나 김윤찬의 궂은일은 도맡아 도와주었다.

만약 간지석이란 사람이 없었으면 지금의 김윤찬도 존재하지 않았으리라.

김윤찬에게 있어 간지석은 소울메이트였으며, 피를 나눈 형제보다 더 소중한 가족이었다.

김윤찬에게 간지석은 한마디로 형이었다.

'내가 너무 무심했어. 어떻게 지석 형님이 이 지경이 되도록 신경도 쓰지 못했던 걸까?'

김윤찬이 자책하며 장포로 향했다.

잠시 후.

4시간 반을 달려서 도착한 장포. 이곳에서 배를 타고 서너 시간은 더 들어가야 간지석의 고향인 주작도에 들어갈 수 있었다.

레지던트 시절, 의료봉사를 하기 위해 찾은 주작도.

십여 년 만에 이곳에 다시 방문한 김윤찬은 가슴이 뭉클거렸다.

"와!"

그렇게 도착한 주작도. 백옥같이 부드럽게 펼쳐져 있는 백사장. 그리고 출렁이는 흰 파도. 그리고 멀리 점처럼 찍혀 있는 알록달록한 집들과 상쾌한 솔 내를 풍기는 솔숲까지.

시간이 멈춘 듯 주작도는 예전과 다를 것이 없는 고즈넉한 섬마을이었다.

'형님이 진짜 이곳에 왔을까?'

드르륵.

이제 간지석만 찾으면 되는 상황, 김윤찬이 허름한 동네 구멍가게 문을 열고 안으로 들어갔다.

"계십니까?"

"누구슈?"

김윤찬이 인기척을 하자 할머니 한 분이 가게에 달려 있는 방문을 열고 얼굴을 빼꼼히 내밀었다.

하아, 뭐라고 해야 하나?

"네, 서울에서 사람을 찾으러 왔습니다."

"사람을 찾으러 왔다고?"

할머니가 무릎을 짚으며 힘겹게 몸을 일으켰다.

"네. 간지석이라고……."

"지석이를 아는갑네?"

다행히 할머니가 간지석을 알고 있는 모양이었다.

"네네. 전 김윤찬이라고 합니다. 지석 형님하고는 호형호제하는 사이입니다. 이곳에 지석 형님이 계신가요?"

"그렇구먼. 여가 지석이 고향이여. 지석이 이곳에 와 있는디?"

"그렇군요. 정말 다행입니다. 형님은 지금 어디 계십니까?"

"말로 설명하기 힘든께, 이짝으로 나와 봐. 내가 갈챠 줄팅께."

할머니가 고무신을 신고 가게 밖으로 나왔고, 김윤찬이 그녀를 따라나섰다.

"음, 저짝으로 가면 마을 회관이 있을 거여. 보여? 저그 파란색 벽돌집?"

할머니가 손가락으로 수평선 멀리 마을 회관을 가리켰다.

"네네, 보이네요. 파란 벽돌로 된 건물요!"

"맞아. 거그서 쭉 내려가면 노란색 대문집이 보일 겨. 거가 간 씨라고 지석이 먼 친척뻘이 사는 곳이여. 뭐, 간씨가 얼매 없응께, 가깝다면 가까운 거지."

"네, 그곳에 지석 형님이 계신다는 거죠?"

"그랴. 얼매 전부터 지석이가 내려와서 살고 있어. 그런데, 내가 뭐 하나 물어봐도 되남?"

"네, 말씀하세요."

"마을 사람들이 하도 쑤군대서 그러는디, 지석이가 서울에서 무슨 사고를 쳐서 이짝으로 피신했다는데, 맞남?"

"아, 아니에요! 절대로 그런 일은 없어요. 지석 형님은 서울에서 사업을 크게 하고 계시는 회장님이십니다."

"참말이여?"

"그럼요. 절대 사고 같은 거 치고 도망 다니실 분이 아니에요."

"그럼 그럼치! 하여간 홍어 X만큼도 못한 할망구들! 그렇게 쓸데없는 이바구나 해싸코! 암암, 지석이가 그럴 놈이 아니지. 어릴 때부터 신동 소리 듣고 자란 놈이여, 그놈이."

끌끌끌, 할머니가 한심하다는 듯이 혀를 찼다.

"네, 그럼요! 아주 훌륭한 기업가십니다."

"그려그려, 나도 그렇게 생각혀. 그러면 얼른 가 봐. 아마 집에 있을 겨. 태반은 집에 있고, 가끔씩 낚시를 댕기는 거 같어."

"네. 감사합니다, 할머니!"

다행히 윤이나의 말처럼 간지석은 자신의 고향인 주작도에 내려와 있었다.

♥

노란 대문 집.

김윤찬은 할머니가 가르쳐 준 대로 마을 회관에서 약 2백 미터 정도 떨어진 노란 대문 집을 찾을 수 있었다.

“계십니까?”

삐그덕, 김윤찬이 녹이 슬어 뻑뻑한 노란 대문을 열고 안으로 들어갔다.

아담한 마당엔 비릿하지만 싫지 않은 짠 내가 물씬 풍기는 말린 생선들이 녹색 끈에 매달려 한들거리고 있었다.

“누구십니까?”

김윤찬이 인기척을 하자, 생선을 말리고 있는 어르신 한 분이 말린 생선 틈으로 얼굴을 내밀었다.

“안녕하세요. 간지석 회장님을 찾아뵈러 왔어요.”

“서울에서요? 지석이를 찾아 왔다고요?”

서울에서 왔다는 말에 어르신이 경계의 눈초리를 보냈다.

“네, 그렇습니다. 형님 계십니까?”

“지석이 여기 없는데??”

경계를 풀지 않는 어르신. 그가 김윤찬의 몸을 훑어 내렸다.

“형님 어디 가셨습니까?”

“글쎄요……. 그걸 왜 자꾸 물어보는 거슈?”

여전히 김윤찬을 의심하는 모양이었다.

“괜찮습니다. 저는 지석 형님과 막역한 사람입니다. 경계 안 하셔도 돼요. 아마 김윤찬이라고 하면 아실 겁니다.”

“아하! 김윤찬 선생님! 그 서울 연희병원에 계신다는 의사 선생님?”

김윤찬이란 말에 어르신의 경계심이 눈 녹듯이 녹아내렸다.

아마 간지석을 통해 김윤찬의 존재를 알고 있는 듯 보였다.

"네네, 맞습니다. 지석 형님하고는 호형호제하는 사이예요."

"그래요. 지석이가 가끔 선생님 얘기를 해서 잘 알고 있수다. 서울에서 유명한 의사 선생님이라고!"

"어휴, 아니에요. 유명하진 않습니다. 그나저나 지석 형님은 어디 가셨습니까?"

"난 또 누군가 했네? 제가 선생님을 몰라보고 실수를 했으면 용서하슈. 그나저나 지석이 지금 낚시하러 갔는데?"

"낚시요? 어디로 낚시하러 갔는데요?"

"저기 방파제 쪽으로 가면 바다낚시터가 있어라. 원래 날이 좋으면 배 타고 저기 멀리까지 나가는데, 오늘은 파도가 좀 높아서 방파제로 갔을 거요."

"그렇군요. 낚시를 자주 나가나 봐요."

"네. 집에서 책 읽는 거 아니면, 뻰질나게 낚시하러 가제. 곧 올 거유. 날씨도 쌀쌀한데, 안으로 들어가 차나 한잔 하시겠수?"

"아, 아니에요. 제가 형님 계신 곳으로 한번 가 보겠습니다."

"그러시겠수? 걷기에는 여기서 좀 멀 텐데? 제가 오토바이로 태워다 드릴까?"

어르신이 마당에 있는 오토바이 한 대를 가리켰다.

"아닙니다. 그냥 좀 걷죠. 제가 10년에 이곳에 의료봉사하러 왔었는데, 다시 봐도 하나도 바뀐 게 없네요."

"그렇죠. 이 조그마한 섬이 달라질 게 뭐가 있겠수. 이제 사람들도 하나둘씩 뭍으로 빠져나가서 이젠 꼬부랑 방탱이 할마씨들이나 남았구먼. 하나 있던 학교도 이제 폐교했고, 보건소도 몇 년 전에 문 닫고 나갔다오."

"그렇군요. 그러면 저, 형님 좀 뵈러 다녀오겠습니다."

"그러슈. 그렇지 않아도 저녁 먹을 시간 다 돼서, 언제 오나 기다리고 있었어라."

"네, 그럼 잠시 후에 다시 뵙겠습니다."

"그려유. 조심히 잘 댕겨오슈."

"네."

잠시 후.

철썩거리는 파도. 그 파도를 타고 조금은 거친 바닷바람이 불어와 김윤찬의 볼을 찰싹 때렸다.

뺨을 맞았지만 전혀 기분이 상하지 않은 바람. 오히려 상쾌하고 싱그러운 느낌이었다.

이곳 주작도란 이런 곳이었다.

그렇게 주작도의 그림 같은 풍경을 감상하며, 김윤찬이 방파제가 있는 쪽으로 발길을 옮겼다.

바다 풍경에 취해 걷다 보니 어느새 방파제가 눈에 보이기 시작했다.

방파제 곳곳에 낚싯대를 던져 놓는 사람들이 적잖이 있는 것으로 볼 때, 제법 바다낚시로 유명한 곳인 듯 보였다.

그렇게 거의 방파제 근처에 도착할 무렵이었다.

웅성웅성.

갑자기 사람들이 몰려들었다.

"이, 이걸 어째! 앰뷸런스 불러야 하는 것 아냐?"

"아니, 아니. 지금 여긴 섬이라고! 전화한다고 앰뷸런스가 바로 와?"

"그러면 어떡해? 이 사람 갑자기 쓰러졌잖아!"

"여긴 보건소도 없나?? 어떡하지?"

낚시를 하는 도중에 누군가 쓰러진 모양이었다.

"지, 지석 형님!"

웅성거리는 소리에 깜짝 놀란 김윤찬은 사람들이 모여 있는 곳으로 달려갔다.

부리나케 달려가는 김윤찬의 얼굴은 사색이 되어 있었다.

"비켜요! 비켜 주세요! 저, 의사입니다."

김윤찬이 모여 있는 사람들의 무리를 헤치고 들어갔다. 의사라는 소리에 사람들이 길을 터 주었다.

"형님!! 괜찮으세요?"

하악하악, 남자가 엎어진 채로 가쁜 숨을 몰아쉬며 쓰러져 있었다.

"김윤찬! 너 맞아?"

그렇게 김윤찬이 넘어져 있는 남자의 얼굴을 확인하기 위해 바로 눕히는 순간, 뒤쪽에서 익숙한 음성이 들렸다.

"혀, 형님!"

본능적으로 뒤를 돌아보는 김윤찬.

그 익숙한 목소리의 주인공은 바로 간지석이었다.

"너 뭐야? 여긴 어떻게 온 거야?"

멀쩡한 목소리.

쓰러진 사람은 간지석이 아니었다.

김윤찬인 것을 확인한 간지석이 황당한 표정을 지었다.

"괜찮은 겁니까?"

"내가 뭐?"

"아무 일 없는 거냐고요?"

김윤찬이 목소리 톤을 높였다.

"나? 난, 괜찮긴 한데, 네가 여길 어쩐 일이냐고??"

여전히 상황 파악이 되지 않는 간지석이었다.

"그거야 당연히 형님을 뵈러……. 잠시만요, 형님! 일단 이 사람부터 치료해야 할 것 같아요."

간지석이 멀쩡한 걸 확인하자 김윤찬이 아차 싶었는지, 환자를 챙기기 시작했다.

"그, 그래. 맞다. 일단 전후 사정은 나중에 듣기로 하고, 사람부터 살려야지."

"네. 일단 여러분, 전부 비켜 주세요!"

김윤찬이 주위에 몰려 있는 사람들을 물리쳤다.

잠시 환자의 상태를 살펴보는 김윤찬.

그리고 김윤찬은 어렵지 않게 환자가 쓰러진 이유를 밝혀낼 수 있었다.

환자의 병명은 뇌간증, 즉 우리가 흔히 알고 있는 간질이었다.

"형님. 이 환자, 뇌전증 환자예요."

"뇌전증이면?"

"네, 간질 환자예요. 일단 주변에 뾰족한 거나 상처가 날 수 있는 것은 전부 치워 주세요."

"알았다."

그러자 간지석이 주변에 널브러져 있던 돌멩이들과 소주병들을 치우고는 바닥에 모포를 깔았다. 날씨가 추워 낚시를 하면서 덮고 있었던 모양이었다.

김윤찬은 모포 위에 환자를 눕힌 후, 구토로 인한 기도 폐쇄를 막기 위해 고개를 옆으로 돌려놓았다.

"그거 주세요."

"알았어. 여기!"

김윤찬이 간지석이 목에 두르고 있는 타월을 가리켰다.

그러고 난 후, 김윤찬이 입 속에 고여 있는 거품과 구토물들을 닦아 내 주었다.

아직까지 손과 발을 떨고 있는 환자. 아직 제정신을 차리지 못한 듯 보였다.

"손수건 있으신 분, 계십니까?"

"네네, 여기 있어요!"

김윤찬이 주변을 둘러보며 손수건을 찾자, 한 남자가 주머니에서 손수건을 꺼내 주었다.

김윤찬이 받아 든 손수건을 환자의 입에 물려 주었다. 간질 발작으로 자칫 혓바닥을 깨물거나 이를 다칠 수 있기에, 그것을 예방하기 위한 조치였다.

"이 사람, 괜찮은 거니?"

옆에서 응급조치를 지켜보던 간지석이 물었다.

"네, 괜찮은 것 같아요. 보통 간질 발작은 3분 정도 지나면 가라앉아요. 괜찮을 겁니다."

"다행이구나. 네가 왜 여기 있는지는 모르겠지만, 그래도 의사가 있어서 다행이야."

"선생님! 이 친구 괜찮은 겁니까?"

그제야 한 남자가 헐레벌떡 달려왔다.

"일행이십니까?"

"네, 제 직장 동료입니다. 제가 놓고 온 게 있어서 숙소에 다녀왔는데, 갑자기 쓰러졌다고 해서요!"

"이분, 간질 있는 것 모르셨습니까?"

"아뇨! 전혀 몰랐어요. 아무 말도 안 했거든요."

"그렇군요. 일단 맥박이나 심장 소리를 들어 보니 특별한 문제는 없는 것 같으니까, 숙소로 옮긴 후에 좀 쉬면 나아질 겁니다."

"네네, 알겠습니다."

"오늘은 늦었으니, 내일 곧바로 첫 배를 타시고 장포로 가셔서 진료를 받으십시오. 아, 그리고 이건 제 전화번호입니다. 혹시 밤사이에 문제가 생기면 저한테 바로 전화 주십시오."

김윤찬이 명함을 꺼내 남자에게 건네주었다.

"네, 알겠습니다."

ㅇㅇㅇㅇ.

그사이 발작을 멈춘 환자가 천천히 몸을 일으켜 세웠다.

"양 주임! 이게 도대체 어떻게 된 일이야? 간질을 앓고 있었으면 말을 했어야지."

"죄, 죄송합니다. 과장님."

"하여간 사람하곤! 이분이 자네 살리셨어!"

과장이란 사람이 턱짓으로 김윤찬을 가리켰다.

"가, 감사합니다, 선생님!"

"제가 한 건 별로 없고요. 일단 숙소로 가셔서 편안히 휴식을 취하십시오. 그리고 당부드리는데, 간질을 앓고 계시면 언제 발작이 생길지도 몰라요. 항상 주변 사람들한테 인지를 시켜 줘야 합니다. 그러다 큰일 나세요!"

"죄송합니다. 창피한 병이라 그만."

"병이 생긴 건 어쩔 수 없는 일입니다. 그러니 창피해하실 필요도 없어요. 앞으로는 꼭, 주변 분들한테 알려 주십시오."

"네, 면목 없습니다."

"그러면 이만 모시고 가시죠."

응급치료를 마친 김윤찬은 함께 온 일행에게 환자를 맡겼다.

잠시 후, 간지석의 친척 집.

그렇게 환자를 응급조치 한 후, 김윤찬이 간지석과 함께 집으로 돌아왔다.

"넌 도대체 여길 왜 온 거야?"

간지석이 방에 들어오자마자 김윤찬에게 캐물었다.

"저야말로요. 형님은 여길 왜 오신 거예요, 한창 바쁜 사람이?"

"야, 이 녀석아. 좀 쉬려고 왔다. 하도 이것저것 골치 아픈 일이 많아서 머리 좀 비우고 재충전하러 고향 내려왔다. 이런 것까지 너한테 보고해야 해?"

"하아, 그러면 서운대병원엔 왜 가셨어요? 그것도 흉부외과에?"

"미치겠네. 당연한 거 아니야? 복부 대동맥류 수술을 받았으니까 검진 차원에서 간 거지. 내가 뭐 잘못했냐?"

헐헐헐, 간지석이 어이없다는 듯이 너털거렸다.

"그것도 이상하잖아요? 그랬으면 당연히 저한테 오셨어야죠? 왜 서운대를 갑니까?"

"와, 이거 서운대 사람들 못 쓰겠네? 내가 서운대 가서 진료 본 거 너한테 다 일러바친 거냐? 이거 환자 개인 정보 유출 아냐?"

"개인 정보 유출 맞으면 신고라도 하시게요? 그게 중요한 게 아니고, 왜 서운대를 가셨냐는 겁니다. 뭘 감추는 게 있어서요?"

김윤찬이 여전히 의심스러운지 꼬치꼬치 캐물었다.

"그거야 인마, 괜한 일로 너 귀찮게 하기 싫어서 그런 거지. 나 온다고 하면 괜한 법석을 떨 거 아니냐?"

"뭐 대단한 사람이라고 야단법석을 떨어요. 그냥 다른 환자랑 똑같이 진료받는 거지. 형님, 그거 좀 오버 아니우?"

대화 도중에도 지속적으로 간지석의 안색을 살피는 김윤

찬. 나빠 보이진 않은 안색에 조금은 안심하는 듯 보였다.

"그, 그런가? 내가 괜한 걱정을 했네. 아무튼, 별거 아니야. 굳이 널 찾아갈 필요가 없어서 그랬다."

"아무리 그래도 그렇죠. 사람 걱정되게 이게 무슨……."

에이씨, 김윤찬이 짜증 섞인 목소리로 간지석에게 쏴붙였다.

"그래서? 내가 혹시나 죽을까 봐 여기까지 내려온 거냐?"

김윤찬과의 만남이 싫지만은 않은지 간지석의 표정이 밝아 보였다.

"됐어요! 뭐, 사지 멀쩡하니 괜찮네. 아무튼, 저 올라갈 때 같이 올라가요. 수술한 지도 꽤 지났고 하니, 전체적으로 검사부터 다시 해 봅시다. 형님보다 제가 더 걱정이 돼서 안 되겠어요."

"됐어, 인마! 나, 당분간 여기 있을 거야."

"아니, 바쁘다는 사람이 왜 여기 있겠다는 거예요? 지금 벌여 놓은 사업들도 한두 가지가 아니잖아요?"

"그러니까 여기 있겠다는 거야. 사람 사는 게 참 그렇더라. 돈이 있으니까 돈 냄새를 맡고 사람들이 몰려들더라고."

"그건 당연한 거 아닌가요?"

"그렇지. 당연히 그렇겠지. 그런데 말이야, 돈 냄새를 맡은 게 사람만 있는 건 아니야. 그 구린내를 맡는 개들도 달려들더란 말이지."

간지석이 침통한 표정을 지으며 천장을 올려다보았다.

"왜요? 무슨 문제라도 있는 겁니까?"

"갖가지 연줄을 대고 찾아와서 청탁을 하기 시작하는데, 아주 개소리 듣기 지겨워서 잠시 피난 내려왔다. 됐냐?"

"정말요?"

김윤찬이 가자미눈을 뜨며 간지석을 째려봤다.

"그래, 인마."

"어디 아프신 건 아니고? 형님, 저 대한민국 최고의 흉부외과 의사예요. 팔목 한 번만 잡아 봐도 형님 상태 바로 압니다?"

"큭큭큭, 팔목 안 잡히면 되겠네?"

"지금 장난하시는 겁니까? 아무튼, 다시 내려오시는 한이 있더라도 우리 병원에 같이 가요. 내가 불안해서 도저히 안 되겠어. 쉽게 물러나려면 애초에 내가 여기 내려오지도 않았어요."

이번엔 단단히 맘을 먹고 온 김윤찬이었다.

"어휴, 이 황소고집 좀 봐. 나 진짜 쉬러 내려왔다고! 그러니까 고집 좀 그만 피워라."

"됐고! 전 이번에 반드시 형님 모시고 올라갈 거니까, 그런 줄 알아요."

"하아, 미치겠네. 일단 알았고 우리 밥이나 먹자. 배고파 죽겠다."

"대답하세요! 같이 서울 올라가겠다고."

"알았다고 했잖아! 배고파 죽겠으니까 일단 먹자고."

"네, 그럼 그렇게 해요."

주작도 해변가.

섬 주민들이 하나둘씩 사라진 이곳.

예전부터 이곳을 잘 알고 있는 프로 낚시꾼들 말고는 거의 찾아오지 않는 주작도였다.

그 낚시꾼마저도 이제는 그 수가 줄어들고 있는 상황.

한때는 관광지로 각광을 받던 이곳이었기에 해변가를 중심으로 제법 활기를 띠었다.

하지만 이제는 가끔 찾아오는 낚시꾼들을 대상으로 하는 식당 한두 개가 있을 뿐, 황량한 해변으로 변해 버린 지 오래였다.

김윤찬과 간지석은 회 한 접시와 매운탕을 시켜 먹고 난 후, 해변가를 거닐고 있었다.

"나 어릴 때만 해도 주작도에 사람들이 제법 살았었지."

"형님은 이곳에서 태어나시기만 했지, 장포에서 사셨다고 하지 않았나요?"

"그랬지. 그렇다고 그동안 주작도에 한 번도 안 왔겠니?

가끔 남몰래 다녀가곤 했지."

쏴아쏴아.

넘실거리는 파도. 조금은 차갑지만, 청량감을 주는 바닷바람이 두 사람의 뺨을 스치고 지나갔다.

"그러셨군요."

"내가 태어난 이곳, 이곳을 위해서 뭔가 해 주고 싶어."

"형님은 충분히 할 만큼 하셨어요. 지금 이렇게 훌륭하게 기업을 키워 오셨으니까요. 주작도는 형님을 자랑스러워하실 겁니다."

"대학교수라 말은 참 잘하는구나."

"솔직히 말 잘하는 걸로 치면, 형님만 하겠수? 작년에 TV 인터뷰하는 거 보니까, 아주 말 선수던데?"

"그랬냐? 그거 전부 작가들이 써 준 거다. 내가 한 말 아니라고."

"하하하, 어쩐지? 형이 그렇게 말주변이 뛰어난 사람이 아닌데 청산유수라 했더니만."

"그랬냐? 티 나디?"

"네네, 아주 제대로 티가 나던데요?"

"난 내가 연기에 소질이 있나 싶었지."

"소질 없어요, 형님."

"하하하, 그런가?"

그렇게 오랜만에 만난 두 사람이 한참 동안, 정답게 해변을 거닐다 집으로 향했다.

"그나저나, 오늘 너랑 소주 한잔 하고 싶었는데, 왜 안 마신 거냐?"

"술은 무슨?"

"그래도 간만에 너 만났는데, 소주 한잔 안 해서 너무 섭섭하더라."

"별로 마시고 싶지 않아서요."

"자식! 미국 가서 위스키 맛을 보더니, 소주는 시시해졌냐?"

"그게 아니고요. 형님!"

집에 거의 도착할 무렵, 김윤찬이 걸음을 멈추고 간지석을 멈춰 세웠다.

"왜?"

"내일 당장 서울로 올라가는 겁니다."

간지석을 바라보는 김윤찬의 눈빛이 심각했다.

"하아, 얘는 또 그 얘기야? 그냥 나 여기서 몇 달간만 쉬다 올라갈……."

"형님, 연기는 그만하세요. 형님, 연기 잘 못 한다니까?"

"뭐? 그, 그게 무슨 소리야?"

"제가 괜히 흉부외과 최고의 써전 소리를 듣는 게 아닙니다. 내일 저와 함께 올라가지 않으면, 묶어서 끌고라도 올라갈 거니까, 그런 줄 아세요."

"뭐, 뭐냐? 너?"

"이미 장포 쪽 분원에 연락을 취해 놨습니다. 그쪽에서 앰뷸런스를 보낼 겁니다."

"앰뷸런스가 왜 필요한데? 얘가 지금 무슨 소리를 하는 거야?"

깜짝 놀란 간지석이 펄쩍 뛰며 목소리 톤을 높였다.

"귀신은 속여도 제 눈은 못 속입니다. 형님, 지금 정상 아니에요."

김윤찬이 표정이 갑자기 심각해졌다. 좀 전에 품었던 웃음기는 그의 얼굴에서 찾아보기 힘들었다.

"얘, 얘가 무슨 소리를 하냐? 나 지금 쌩쌩해! 이렇게 사지 멀쩡한 거 보면 몰라?"

간지석이 너스레를 떨며 팔뚝을 불끈거렸다.

"네네, 알겠어요. 그런데 어떡합니까? 제 눈엔 쌩쌩해 보이지 않는데. 그러니까 내일 당장 첫 배 타고 장포로 가서 진료부터 합시다."

"아니래두? 좋아, 그러면 너 나랑 이 모래사장에서 씨름 한번 해 볼래? 한주먹 거리도 안 되는 게 어디서 까불어?"

"지금 저 장난하는 거 아니에요."

"나도 장난하는 거 아니거든? 그러니까 한 판 붙……."

"그만 좀 해요! 아니긴 뭐가 아니에요!! 이런다고 해결이 됩니까?"

"아씨, 이 새끼 성질 있네? 여긴 서울이랑 달라. 다들 주무실 텐데 왜 이렇게 목소리가 높아?"

"그러니까 말해 보라고요. 서운대 왜 가셨어요?"

"어? 그, 그거야 뭐, 우리 경파 그룹 지분이 있는 곳이니까, 겸사겸사해서."

"변명을 하더라도 좀 더 그럴싸한 변명을 좀 대세요. 왜 그렇게 창의력이 떨어지십니까?"

"맞다니까?"

"좋아요. 그러면 하나 더 물어볼게요. 중영대병원엔 왜 가신 겁니까?"

"그, 그건."

중영대 얘기가 나오자 간지석이 어물어물 말끝을 흐렸다.

"저 김윤찬이에요! 대한민국 흉부외과 일에 제가 모르는 게 있을 것 같아요? 대체 왜 이러시는 겁니까?"

간지석이 자꾸 발뺌하자 김윤찬은 더 이상 참을 수 없었다.

김윤찬은 간지석의 손목을 붙잡고 다그치기 시작했다.

"윤찬아……. 하아, 중영대 사람들도 가만두면 안 되겠네? 환자 개인 정보를 이따위로 마구 유출해도 되는 거야? 서울 올라가면 바로 조치를 취해야겠어."

쩝, 간지석의 입장에서도 더 이상 눈속임을 할 수 없는 상황이 되어 버렸다.

"말씀해 보세요. 중영대도 모자라 서운대에 가신 이유는 뭡니까?"

"후우……. 그만하자."

"그만 못 하겠어요! 왜요? 확인 사살이라도 하시고 싶었던 겁니까? 그럼 유언장도 써 놓으셨겠네요? 제 건요? 저한테는 뭐 없어요?"

"……."

할 말이 없는 듯 간지석이 고개를 떨어뜨릴 뿐이었다.

"형님 입버릇처럼 항상 그러셨잖아요? 절 위해서라면 뭐든 내놓으시겠다고요! 영흥리조트 그거 제법 럭셔리하던데, 그거 저 주실래요? 제법 탐이 나던데?"

부아가 치민 김윤찬이 악다구니를 부렸다.

"미안해."

"그러니까 미안할 짓을 왜 하셨느냐고요? 형님 눈빛, 몸에서 느껴지는 심장박동 소리, 손목에서 잡히는 미세한 진동!"

"……."

"이런 것만 봐도 형님이 정상이 아니라는 걸 단번에 알 수 있어요. 언제까지 절 속이실 생각이었습니까? 형님 지금 몸 상태 최악이라고요!"

"내가 미안하다고 하지 않니?"

"대체 왜? 결국 피 한 방울 섞이지 않았으니 남이라는 겁니까?"

"하아, 얘가 왜 자꾸 그래? 그런 거 아니라잖니? 날 춥다. 일단 들어가서 얘기하자꾸나."

"좋아요. 지금 당장이라도 형님 멱살이라도 잡고 끌고 가고 싶지만, 기회를 드리죠. 형님처럼 똑똑한 사람이 왜 이런 어리석은 짓을 하셨는지."

김윤찬이 양손을 주머니에 찔러 넣고는 서둘러 발걸음을 옮겼다.

간지석의 친척 집.

집으로 돌아오는 길. 침통한 표정의 김윤찬은 아무 말도 하지 않았고, 간지석 역시 죄지은 사람처럼 그의 그림자만을 뒤따를 뿐이었다.

"너, 이런 모습 처음 본다?"

집으로 들어와서도 서로 한참 동안 데면데면했던 두 사람. 그 어색한 분위기를 참기 힘들었는지, 간지석이 먼저 입을 열었다.

"저도 형님 이런 모습 처음 봐요. 세상 상남자가 이게 지금 무슨 소인배 같은 짓이십니까?"

여전히 화가 풀리지 않는 듯 김윤찬이 씩씩거렸다.

"후후, 내가 그렇게 큰 사람은 아니잖아?"

"그러게요. 지금 보니 전부 저의 착각이었네요. 그래도 일말의 기대는 남아 있으니까, 어떻게든 절 설득시켜 보려는 노력은 해야 하지 않겠습니까?"

"그래. 이왕 이렇게 됐는데, 내가 뭘 더 감추겠니. 일단 이거나 좀 맛봐라. 반건조 곶감인데, 제법 맛이 난다."

간지석이 광주리에 담긴 먹음직스러운 곶감을 내밀었다.

"됐어요. 형님이나 많이 드십시오."

"아직도 삐졌냐? 몇 개만 먹어 봐. 아마 이 세상 맛이 아닐 거다. 나중에 너 멕이려고 한 건데, 이왕 여기까지 내려왔으니 맛이나 보렴."

간지석이 곶감 꼭지를 따서 김윤찬에게 내밀었다.

"아, 알았어요. 내가 먹을게요."

그러자 김윤찬이 마지못해 곶감을 받아 들어 입 속에 넣고는 우물거렸다.

그렇게 잠시, 두 사람은 곶감 광주리를 가운데 놓고 어색한 분위기를 이어 갔다.

그리고 이번에도 역시, 간지석이 먼저 말문을 열었다.

"회장님이 돌아가시면서 나한테 당부한 말이 있다."

오물오물, 간지석이 곶감을 한 입 베어 물며 말했다.

"강 회장님이요?"

"그래. 그동안 그룹을 키워 오시면서 수많은 사람이 다치고 아파했으며, 죽어 갔다고."

"네에."

"그래서 당신이 천벌을 받은 거라고 하시더라. 그러시면서 나한테 신신당부하셨어. 더 이상, 사람들의 피를 봐서는 안 된다고."

"네. 저도 잘 알고 있습니다. 그래서 형님도 모든 것을 내려놓으시지 않았습니까? 인수 합병한 회사 인력 전부 고용 승계 하셨고, 회계장부도 전부 바로잡으셨잖아요. 하청업체 관계 개선도 혁신적으로 개선하셨고요. 게다가 학술 지원, 장학 사업, 그리고 노인복지 사업에 막대한 돈도 기부하셨고요. 경파 그룹을 완전히 사회적 기업으로 자리 잡게 만드셨잖습니까?"

"그랬지. 그런데 말이야. 그래도 구더기는 끼더라. 전부 걸러 내고, 정화하고 멸균, 살균 다 했는데, 다 죽은 줄 알았던 구더기 새끼들이 알을 까고 스멀스멀 기어올라 오는 거야."

간지석이 초점 없는 눈동자로 곶감을 응시했다.

"그룹에 무슨 문제가 있는가 보군요."

김윤찬은 조금씩 일련의 간지석이 보인 행동을 이해하기 시작했다.

"곶감 참 맛있지? 잘 익은 감을 따서 깨끗이 씻고, 정성스럽게 껍질을 벗겨 내고 걸어 둔단다. 걸어 둘 때도 서로 부딪히면 상하니까, 일정하게 간격을 둬야 해."

"……."

"그렇게 해서 곶감을 걸어 두면, 이제부터가 본격적으로 시작이지. 햇빛이 잘 드는 곳에 두고 말려야 하는데, 한 4주가 걸려. 비가 오면 비 맞지 않게 해 줘야 하고, 해풍이 불 땐 짠 내가 배지 않게 조심조심. 그렇게 정성스럽게 잘 말리면 지금처럼 맛있는 곶감이 된단다."

"네, 몰랐네요. 곶감이 제법 손이 가는 음식이었군요."

"그럼, 그럼. 생각보다 손이 많이 간단다. 그런데 이렇게 정성스럽게 말린 곶감도 며칠만 방심한 채 놔두면 곰팡이가 생기고 썩는단다. 몇 날 며칠을 정성스럽게 말린 곶감인데 말이야. 순식간에 썩어서 먹지 못하는 수가 있어."

"음, 그룹 내에 문제가 생긴 것이 틀림없군요!"

눈치 빠른 김윤찬이 곶감에 비유한 간지석의 의중을 빠르게 알아차렸다.

"그래. 네 말대로 곰팡이가 끼려고 하는 것 같구나. 그동안 숨어 지내던 구더기들이 알을 까기 시작한 것 같아."

"그래서……."

"그래. 지금 네가 생각하는 것이 맞을 거다. 내 몸 상태가 좋지 않다는 걸, 그들이 알게 되면 지금이 기회다 싶어 길길이 날뛸 것이 틀림없어."

"그런 일이 있었군요."

"그래서 너를 찾지 않은 거야. 아마도 내 일거수일투족을 감시하고 있을 테니까. 내가 병원으로 널 만나러 가는 순간부터 이놈들은 칼을 빼기 시작할 거야. 그게 이 바닥의 생리니까.”

“네, 이제야 좀 이해가 되네요. 하지만 아무리 그래도 저한테까지 비밀로 하실 필요는 없었잖습니까?”

“이미 망가질 대로 망가진 몸이다. 사실, 네가 수술하지 않았으면 이미 난, 저세상 사람이었을지도 모르지.”

“아니 그런 말이 어디 있어요?? 말씀드렸잖아요! 못 고치는 병은 없다고, 못 고치는 의사만 있을 뿐이라고요. 형님은 제가 반드시 살립니다.”

“후후후, 말만 들어도 마음 든든하구나. 아무튼 괜히 지저분한 일에 네가 연루되는 게 싫었어. 그래서 연락하지 못했다. 미안해, 윤찬아!”

간지석이 김윤찬의 손을 부드럽게 잡았다.

“하아, 뭐. 이미 엎질러진 물이니 주워 담을 수도 없는 일 아닙니까? 그래서, 앞으로 어떻게 하실 생각입니까?”

“경파 그룹이 생각보다 덩치가 너무 많이 커졌구나. 이제는 그룹을 정리할 생각이야. 어차피 처자식도 없는 몸, 그룹 전체를 사회에 환원할 생각이다. 이미 변호사를 통해서 법적 절차를 진행하고 있어.”

“음, 정말 괜찮으시겠어요?”

“괜찮고말고. 이곳 주작도에서 태어나 맨손으로 여기까지 왔단다. 상상할 수 없는 돈도 만져 보고, 원 없이 비싼 술, 비싼 음식 다 먹어 봤는데, 내가 무슨 여한이 있겠어?"

"형님!"

"후후후, 좋은 세상에 태어나 이것저것 잘 놀았으면 됐지. 그나저나, 네 앞으로도 작은 선물을 하나 준비해 뒀어."

"무슨 선물이요?"

"최근에 소식을 들어 보니, 연희에서 수익성을 문제로 소아 심장 센터 규모를 대폭 줄인다고 하더라. 맞니?"

"네에, 그렇지 않아도 그 문제 때문에 병원 측과 마찰이 좀 있습니다."

"서울에 올라가면 박 변호사가 널 찾아갈 거다. 내가 도움이 될 수 있는 부분이 있을 거야. 그 문제는 박 변호사랑 잘 해결하도록 해."

"하아, 대체 왜 이러는 겁니까? 내가 왜 박 변호사님과 해결을 해요? 일을 하더라도 형님이랑 같이해야죠. 자꾸 이상한 말씀 하실래요, 진짜?"

김윤찬이 짜증 섞인 목소리로 따져 물었다.

"내 몸은 내가 잘 알아. 이제는 시작할 때가 아니라 마무리를 지어야 할 때란다. 네 말대로 마지막까지 천하의 간지석같이 살다 갈 생각이야."

"나 참! 혼자 북 치고 장구 치고 난리도 아니네? 주치의가 괜찮다는데, 환자가 왜 이러는 거래? 이런 환자 듣도 보도 못했어요."

"고맙네. 너라도 하나 남아 있어서. 내 주위에는 나 죽기만 기다리는 하이에나 같은 것들만 득실거리는데."

"지금 농담이 나오십니까? 꼴 보기 싫어서라도 형님 병은 제가 고쳐 놓을 거예요. 나중에 벽에 똥칠이나 하지 마세요."

"크크크, 그렇게 사느니 그냥 폼 나게 지금 가는 게 낫겠어."

"아 진짜! 청승맞은 소리 그만하시고 얼른 잡시다. 내일 아침 첫 배로 바로 나가야 하니까요. 가능하면 장포에서 검사할 수 있는 건 전부 하고 올라가죠."

"……."

간지석이 입가에 희미한 미소만 지을 뿐, 아무 말이 없었다.

"대답하라고요! 지금 당장 끌고 올라가기 전에!"

"아, 알았어. 먼 길 내려오느라 피곤할 텐데, 얼른 자라. 너 온돌방은 처음이지?? 여기 아주 설설 끓는다, 끓어."

"같이 자요. 혹시 밤사이에 무슨 일이 있을지 모르잖아? 내가 불안해서 안 되겠어요."

"그래서 저거 다 바리바리 싸 가지고 온 거냐?"

간지석이 턱짓으로 구급상자를 가리켰다.

"당근이죠. 저 김윤찬이에요. 제가 그런 준비도 안 하고 왔을까 봐요?"

"알았어. 나 어디 안 도망가니까 그냥 편하게 자. 옆에 누구 있으면 걸리적거려서 잠 못 자. 난 건넌방에서 잘 테니까, 넌 여기서 자."

"그냥 같이 자자고요, 오랜만에."

"얘가 남사스럽게 왜 그래? 장가도 못 간 내가 너 끌어안고 자게 생겼니? 그냥 자라. 나 어디 안 간다?"

"아, 알았어요. 조금이라도 이상하면 바로 건너와요. 형 몸 상태 지금……."

"알았어, 알았다고! 얘가 장가를 가더니 잔소리만 늘었어. 자! 나 건너간다."

간지석이 김윤찬의 손을 뿌리치며 건넌방으로 발길을 돌렸다.

그날 새벽.

그렇게 김윤찬과 헤어진 후, 자신의 방으로 돌아온 간지석.

그는 밤새도록 잠자리에서 뒤척거렸다.

하아하아.

빗물처럼 식은땀을 흘리는 그. 마침내 거친 숨을 몰아쉬며 고통스러워하기 시작했다.

으으으으.

아아아악!

간지석이 잠을 자다 깨어나 몸부림을 쳤다. 몸을 뒤척이던 간지석. 그가 꽈배기처럼 몸을 이리저리 뒤틀더니, 괴로움에 몸부림을 치다가 마침내 비명을 질렀다.

"형님!"

드르륵, 그 비명에 김윤찬이 간지석의 방으로 뛰어들어 왔다. 밤새도록 간지석 생각에 잠을 이루지 못했던 그였기에 비명을 듣고 바로 튀어나올 수 있었다.

"유, 윤찬아……. 나, 너, 너무 아파!"

김윤찬의 모습이 보이자, 간지석이 온 힘을 다해 그의 이름을 불렀다.

식은땀을 흘리며 괴로워하는 그. 이미 상태는 심각해 보였다.

"형님, 어떻게 된 겁니까?"

"하악하악, 모르겠어. 갑자기 등 쪽이 칼에 찔린 것처럼 아파. 하악하악, 죽을 것 같아. 아악!"

간지석이 온몸을 부르르 떨며 괴로워했다.

갑자기 등 쪽에 통증이?

"등 쪽이요?"

"하악하악, 어. 이렇게 아픈 적은 처음이야. 칼에 맞은 것 같아."

젠장, 갑작스러운 등 통증에 칼에 찔린 것 같은 고통이라면??

"무슨 일입니까?"

그러자 이번엔 간지석의 친척까지 인기척을 듣고 곧바로 방 안으로 들어왔다.

"잠시만요! 제 방에 가면 구급상자가 있을 겁니다. 그것 좀 가져와 주십시오."

"아, 알았어요."

남자가 서둘러 김윤찬의 방으로 발길을 돌렸다.

"형님, 이쪽이 아프십니까?"

김윤찬이 간지석이 고통을 호소하는 부위를 만져 보았다.

아악!

그러자 간지석이 자지러지는 듯한 통증을 호소하며 짧은 비명을 질렀다.

"잠시만요! 맥박 좀요."

곧바로 김윤찬이 간지석의 옷소매를 걷어 올려 맥박을 체크하고는 곧바로 가슴에 귀를 대고 심음을 확인했다.

맥박, 심음 모두 정상과는 머리가 멀었다.

젠장, 이럴 줄 알았어! 내가 좀 더 서둘렀어야 했는데.

"잠시만요, 형님! 제가 치료해 드리겠습니다!"

"하악하악, 드, 등 쪽을 시작으로 가슴까지 칼로 후벼 파는 것 같아. 하악하악, 너무 아파, 윤찬아!"

간지석이 자신의 가슴을 쥐어뜯으며 극심한 고통을 호소했다. 통증의 강도가 점점 거세지는 것 같았다.

"여, 여기 가져왔어요."

그때, 간지석의 친척이 김윤찬에게 구급상자를 가져왔다.

젠장, 아무래도 다이섹(대동맥 박리)인 것 같은데…….

대동맥 박리.

1955년에 처음으로 우리나라 의료진이 수술한 질병으로, 당시만 해도 수술받은 환자 절반은 사망, 절반은 각종 후유증에 시달리는 무서운 질병이었다.

우리 몸의 파이프 역할을 하는 대동맥 안쪽 내층이 찢어지면서 발생하는 병으로, 등허리 쪽에 칼로 찌르는 듯한 극심한 통증을 수반하는 초응급수술을 요하는 병이었다.

극심한 통증을 호소하기에 특별한 응급조치도 할 수 있는 것이 없었다.

곧바로 응급수술을 하는 것만이 최선이었다.

하지만 지금 간지석이 있는 곳은 외딴 주작도!

수술할 수 있는 환경이 아니었다.

"주, 죽을 것 같아, 윤찬아!"

하악하악, 간지석이 새파랗게 질린 얼굴로 고통을 호소했다.

"형님, 괜찮을 겁니다. 제가 일단 진통제를 좀 놔 드릴게요."

김윤찬이 할 수 있는 건, 극심한 고통을 누그러뜨릴 진통제와 치솟는 혈압을 떨어뜨릴 혈압강하제 말고는 딱히 할 수 있는 게 없었다.

김윤찬이 구급상자를 열고 간지석의 팔에 진통제와 혈압강하제를 투여하기 시작했다.

"하아……."

진통제를 투여하자 조금은 통증이 약해졌는지, 간지석의 신음이 잦아들기 시작했다. 하지만 임시방편일 뿐, 근본적인 치료가 될 수 없었다.

문제는 지금부터였다.

최대한 빨리 수술을 하지 못하면 간지석은 사망에 이르게 될지도 모르는, 말 그대로 절체절명의 상황이었다.

김윤찬은 어떻게든 간지석을 수술할 방법을 찾아야만 했다.

하지만 지금 상황에서는 아무것도 할 수 없었다.

김윤찬의 머릿속은 하얗고, 딱히 뾰족한 방법이 떠오르지 않았다.

"윤찬아……. 나 괜찮은 거니?"

"그럼요! 제가 옆에 있는데 뭐가 문제예요. 그러니까 아무 걱정 마시고 편안히 계세요. 아무것도 아니에요. 곧 좋아질 겁니다.”

지금 할 수 있는 일이라곤 그저 간지석을 심리적으로 안정시키는 것 말고는 없었다.

“그래그래. 내 동생 윤찬이가 있는데, 내가 무슨 걱정을 하겠니?”

그토록 고통스러운 와중에도 김윤찬의 손을 잡으며 미소를 띠는 간지석이었다.

“선생님, 저 좀 잠시 봐요!”

그 모습을 지켜보고 있던 간지석 친척이 조심스럽게 입술을 뗐다.

“네, 알겠습니다. 형님, 잠시만요. 통증이 재발하면 바로 말씀하세요.”

“그래, 알았다.”

잠시 후, 김윤찬이 간지석의 친척과 함께 방 밖으로 나왔다.

“선생님, 고깃배라도 띄울까요?”

간지석의 친척이 초조한 듯 말했다.

“배를 타고 나가면 장포까지 얼마나 걸릴까요?”

“아마 서너 시간은 걸릴 겁니다.”

“하아, 아뇨. 서너 시간은 너무 많이 걸립니다. 최소한 두 시간 안에 수술을 받아야 해요.”

“아이고, 이 일을 어떻게 해야 하지? 그래도 가만있는 것

보다는 낫지 않아요? 지가 최대한 빨리 움직여 볼게요!"

"방법이 없다면 그럴 수밖에 없겠지만, 지금 당장 그럴 수는 없어요. 다른 방법을 한번 찾아보겠습니다."

"아이고, 미치겠네? 저러다 우리 지석이 잘못되는 거 아닙니까?"

간지석 친척이 발을 동동 굴렀다.

"그럴 리 없습니다. 제가 어떻게든 방법을 찾아볼 테니, 아저씨는 만약의 상황에 대비해 바로 출항할 수 있도록 준비를 좀 해 주세요."

"아, 알았어요. 일단 제가 배에 시동을 걸어 놓고 대기하고 있을게요."

"네, 그렇게 해 주십시오."

그러자 남자가 서둘러 배가 정박된 해안가로 향했다.

어떻게 해야 하지? 지금 어떻게 해야 한단 말인가!

김윤찬이 방 안을 서성거리며 해법을 찾으려 애를 썼다.

병원선!!

김윤찬이 장고 끝에 떠올린 건, 도서 지역에 거주하고 있는 병원선을 이용하겠다는 생각이었다.

'병원선이라면 일단 최소한의 응급조치는 가능하다. 고깃배를 타고 가는 것보다는 훨씬 안전해!'

김윤찬이 곧바로 전라병원에 전화해 병원선 사용 여부를 확인했다.

—지금 저희 병원선은 이미 항구에 정박한 상황입니다. 다시 출발하려면 시간이 꽤 걸릴 겁니다.

"주작도까지 얼마나 걸리겠습니까?"

—족히 왕복 4시간은 잡아야 할 거예요.

"하아, 너무 늦습니다. 좀 더 빨리 도착할 순 없는 겁니까?"

—죄송합니다. 저희도 안타깝지만, 골든 타임 안에 도착하는 건 불가능할 것 같습니다.

"하아, 아, 알겠습니다."

—조금만 일찍 전화를 주셨으면 좋았을 텐데요. 2시간 전까지만 해도 주작도 인근, 상도에 정박하고 있었거든요. 출발은 할 수 있겠지만, 교수님이 말씀하신 시간에 도달하긴 힘들 것 같습니다. 차라리 정주병원에 연락해 보시는 것이 어떻겠습니까?"

"정주병원이요?"

—그렇습니다. 최근 정주도립병원 권역 외상 센터에 닥터헬기가 도입되었거든요? 그곳이라면 가능할지도 모르겠습니다.

"맞아요! 저도 얼마 전에 기사를 본 것 같습니다! 감사합니다. 바로 연락해 보겠습니다."

정주병원!

김윤찬 역시, 최근 정주병원에 닥터헬기가 도입되었다는

것을 떠올린 것이다.

'닥터헬기라면 정주도에서 이곳까지 30분 이내에 끊을 수 있어! 그렇다면 왕복 한 시간, 수술할 시간은 충분해!'

순간 김윤찬의 얼굴에 화색이 돌았다.

띠띠띠띠.

김윤찬이 곧바로 핸드폰을 꺼내 정주병원에 전화를 걸었다.

"여보세요? 정주병원 권역 외상 센터죠?"

-그렇습니다. 누구십니까?

"서울 연희병원 흉부외과 김윤찬 교수라고 합니다!"

-연희병원이라고요?

"네. 그렇습니다. 제가 지금 주작도에 와 있는데, 초응급 환자가 있어서 연락했습니다. 닥터헬기를 썼으면 해서요."

-닥터헬기요?

"그렇습니다. 최근에 정주병원에 닥터헬기를 도입했다는 소식을 들었습니다! 출동이 가능합니까?"

-지금 말입니까?

"그렇습니다. 환자의 질병이 다이섹(대동맥 박리)으로 의심됩니다. 응급수술이 시급합니다."

-아……. 그렇습니까? 제가 책임자가 아니라서 뭐라고 확답을 드릴 순 없고, 잠시만 기다리십시오. 센터 쪽에 문의해 보겠습니다.

"네네. 최대한 빨리요! 시간이 없습니다."

—알겠습니다. 바로 확인해 보도록 하겠습니다.

짹각짹각.

초조한 가운데 흘러가는 시간. 1분 1초가 마치 몇 시간이 흘러가는 듯, 초침이 김윤찬의 귓전을 때렸다.

띠리리링.

그리고 약 5분 후, 정주병원 권역 외상 센터로부터 전화가 왔다.

—김윤찬 교수님이십니까?

전화를 건 사람은 정주 권역 외상 센터 부센터장 구본규였다.

"네네, 제가 김윤찬입니다. 말씀하십시오."

—네. 전 정주 권역 외상 센터 구본규라고 합니다.

"네. 반갑습니다, 구 교수님! 지금 당장 헬기를 보내 주실 수 있습니까?"

—하아, 일단 환자 상태가 어떻습니까?

"제가 보기엔 대동맥 박리가 의심됩니다. 지금 임시방편으로 진통제와 혈압강하제를 써 둔 상황입니다. 장비들이 변변찮아서 더 이상 환자를 방치할 수 없는 상황입니다. 속히 헬기를 보내 주십시오."

—네네. 당연히 그래야 하는데, 그게 문제가 좀 있습니다.

"무슨 문제 말씀입니까?"

–아시는지 모르겠지만, 현재 우리 병원에 도입된 헬기가 워낙 오래된 기종이라 정비가 제대로 되어 있지 않아서요. 헬기 조종사가 난색을 표하는군요.

"그게 무슨 말씀입니까? 그걸 말씀이라고 하시는 겁니까? 닥터헬기를 왜 도입한 겁니까? 이럴 때 쓰라고 도입한 것 아닙니까?"

–네네, 저도 당연히 그래야 한다고 생각하는데, 주작도면 저희 관할 지역을 벗어나는 곳이기도 하고…….

"하아, 그건 제가 전부 책임지겠습니다. 일단, 닥터헬기만 보내 주십시오."

–아, 그게…… 문제가 그것뿐만 아니라, 지금 기상 상태가 너무 안 좋아서 도저히 이륙이 불가능한 상황입니다. 죄송해서 어떡하죠?

"당신들 미쳤어! 완전히 제정신이 아닙니다. 이럴 거면 대체 그 비싼 돈을 들여서 왜 닥터헬기를 도입한 겁니까? 지금 날씨 운운할 때입니까?"

–어휴, 저도 답답합니다. 저야 당장이라도 출동을 하고 싶지요! 하지만 조종사가 허락을 안 하는데 어떡합니까? 제가 직접 헬기를 운전하고 갈 수는 없는 일 아닙니까?

"그래서요?"

–네? 뭐가 그래서입니까?

"안 된다는 겁니까?"

—안타깝지만 저로서는 어쩔 수 없는 일입니다. 죄송합니다. 다른 방법을 찾아보시는 게…….

"……."

—여보세요? 교수님? 교수님 듣고 계십니까? 교수님, 날씨가 조금만 좋아지면 저희 쪽에서 바로…….

딸깍, 김윤찬이 더 이상 들을 필요도 없다는 듯이 전화를 끊어 버렸다.

'다들 미쳤어!'

김윤찬이 신경질적으로 뒷머리를 긁적거렸다.

그렇게 실낱같은 희망도 산산조각 나 버리고 말았다.

이제는 어쩔 수 없이 배를 타고 장포로 가는 수밖에 없는 상황이었다. 더 이상 시간을 지체했다가는 간지석의 생명을 담보할 수 없었다.

"아저씨, 지금 당장 배 출발할 수 있습니까?"

김윤찬이 하는 수 없이, 간지석 친척에게 전화를 걸었다.

이제는 하늘의 뜻에 맡길 수밖에 없는 상황. 최대한 빨리 배를 타고 장포 연희분원으로 이동하는 수밖에 없었다.

—알았어요. 지금 바로 출발할 수 있도록 준비해 뒀습니다. 빨리 지석이 데리고 나오소!

"네, 알겠습니다."

잠시 후.

"저 서울 연희병원 김윤찬 교수라고 합니다. 다이섹(대동맥박리) 환자 데리고 병원으로 갈 테니, 마중 나와 주십시오. 도착하자마자 응급수술 할 겁니다!"

장포 연희분원에 연락을 마친 김윤찬이 간지석과 함께 배가 있는 선착장으로 발걸음을 옮겼다.

이제는 모든 것을 하늘에 맡길 수밖에 없는 상황이었다.

형! (2)

"형! 조금만 버티자. 응? 조금만 힘을 내면 돼!"

간지석을 들쳐 업은 김윤찬이 목소리 톤을 높였다.

하지만 절망적인 상황이었다.

이 궂은 날씨에 헬기도 아닌, 고깃배로 장포까지 가는 것 자체가 무리였다.

힘을 내라고 독려하고 있었지만, 간지석의 생명은 바람 앞의 촛불이었다. 어쩌면 배가 장포에 도착하기 전에 사망할 수 있는 절체절명의 순간.

하지만 김윤찬은 끝까지 그를 포기하지 않았다. 아니, 포기할 수 없었다.

'어떻게든 병원까지만 가면 된다! 제발, 제발 힘을 내요,

지석 형!'

"허억허억, 안 무겁냐?"

거친 숨을 몰아쉬면서도 동생이 걱정인 간지석이었다.

"지금 그런 농담이 나와? 생명 줄 단단히 붙들고 있어. 군소리하지 말고. 말하면 힘들어, 나도 힘들고! 좀 조용히 해!"

"하아하아, 윤찬아! 옛날에 칼 맞았을 때보다 더 아프다. 그냥 여기서 끝내면 안 되겠니? 괜히 고생하지 말고."

하악하악, 간지석이 김윤찬의 등 뒤에서 거친 숨을 몰아쉬었다.

수없이 많은 생명의 위협을 겪었고, 불굴의 의지로 이를 헤쳐 나왔던 간지석.

하지만 그 역시도 나약한 인간이었다.

꺼져 가는 육체로 인해, 정신이 황폐해질 대로 황폐해진 그였다.

"쫌! 말 좀 하지 말라고요! 안 그래도 힘들어! 말하면 더 아프니까, 그냥 입 닥치고 있어요, 제발!"

자기보다 덩치가 큰 간지석을 업고 뛰는 김윤찬이었다. 다리가 후들거리고 땀이 비 오듯 쏟아졌지만, 김윤찬은 오직 간지석을 살려야 한다는 일념뿐이었다.

그렇게 김윤찬이 젖 먹던 힘까지 쥐어짜며 배가 정박해 있는 선착장에 도달했다.

"아저씨!"

팔다리가 떨어져 나갈 것같이 저리더니, 이제는 감각마저 없어진 듯했다.

김윤찬이 온 힘을 다해 간지석 친척, 간종수를 불렀다.

"아이고, 선생님 오셨소? 제가 좀 도와드릴게요."

간지석과 김윤찬의 모습이 보이자 아저씨가 헐레벌떡 달려와 김윤찬의 등에서 간지석을 내려 부축했다.

"하아하아, 바로 출발 가능한 거죠?"

양 무릎에 손을 얹고 거친 숨을 몰아쉬는 김윤찬. 온몸이 땀에 젖어 있었다.

"그럼요! 바로 출발 가능하긴 합니다."

"하긴 한다고요? 무슨 문제라도 있는 겁니까?"

김윤찬이 아저씨와 함께 간지석을 부축하며 물었다.

"그게 사실, 방금 마동수 씨한테서 전화가 왔어요."

"마동수요?"

그 옛날 장포 의료봉사 때 연을 맺었던 그 마동수라면, 간지석을 자기 부모, 아니 신처럼 떠받들고 있는 사람이었다.

"네."

"동수 씨한테 연락이 왔습니까?"

이제 배에 도착한 김윤찬과 일행들. 배 안쪽 내실에 모포를 깔며 말했다.

"네, 방금 전화가 왔어요."

허억허억, 더욱더 숨소리가 거칠어진 간지석. 이제 거의 의식을 잃기 일보 직전이었다.

"동수 씨가 왜요?"

간지석을 모포 위에 눕힌 후, 김윤찬이 아저씨를 데리고 갑판으로 나왔다.

"그게 사실은……."

간지석의 오른팔이자 경파 그룹 계열사인 경파엔터테인먼트 대표이사직을 맡고 있는 마동수.

김윤찬 못지않게 간지석이 믿을 수 있는 사람이었다.

그러니 마동수가 간지석의 상태를 모를 리 없을 터.

간지석이 이곳 주작도에 온 이후에도 마동수는 간지석의 친척인 간종수를 통해 간지석의 상태를 꾸준히 살펴보고 있었다.

워낙 신세 지는 것을 싫어하는 간지석인 만큼, 모든 건 비밀에 부쳐 있었다.

당연히 김윤찬도 이를 알고 있지 못했다.

"그러니까 지금 헬기가 오고 있다는 겁니까?"

간종수로부터 간지석의 상태를 보고받던 마동수가 헬기를 동원할 수 있었던 모양이었다.

"네네, 자기가 어떻게든 헬기를 몰고 올 테니까, 선생님한테 그때까지만 지석이 생명 줄 좀 붙들고 계셔 달라고 부탁했어요."

"하아, 진짜가요? 정말 그렇게 말했습니까?"

"그래요. 이제 곧 도착할 때가 된 것 같은데……. 약속한 시각이 거의 다 됐거든요."

간종수가 발을 동동 구르며 손목시계를 확인했다.

바로 그때였다.

다다다다, 다다다다.

"선생님! 헬리콥터가 왔나 봅니다!"

간종수가 이마에 손날을 대며 하늘을 올려다보았다.

멀리 보이는 불빛 하나가 굉음과 함께 빠른 속도로 다가왔다.

진짜 헬기가 틀림없었다.

그것도 군용헬기.

그렇게 다가온 헬기가 흙먼지를 일으키며 마침내 해변가에 착륙했다.

타타타타, 타타타타.

착륙한 헬기의 프로펠러가 힘차게 돌아가며 거센 바람을 일으키고 있었다.

헬기 문이 열리자, 곧바로 덩치가 산만 한 남자와 군인 한 명이 헬기에서 내렸다.

비록 어두컴컴했지만, 덩치가 산만 한 남자가 마동수, 그리고 하얀색 구급상자를 들고 있는 군인이 의무관인 것을 단번에 알 수 있었다. 그리고 두 명의 장병들이 들것을 가지고 헬기 밖으로 나왔다.

“마동수 씨!”

김윤찬이 달려가 그들을 맞았다.

“김 교수님!”

김윤찬인 것을 확인한 마동수가 달려와 반갑게 맞아 주었다.

“이게 어떻게 된 겁니까?”

“하아, 지금 그건 중요한 건 아니고, 일단 형님부터요! 형님은 괜찮으신 겁니까?”

“아뇨, 안 괜찮습니다. 바로 병원으로 옮겨야 합니다.”

“안녕하십니까! 해병대 사령부 예하 제9여단 소속 군의관 중위 권혁진이라고 합니다! 반갑습니다, 교수님! 말씀 많이 들었습니다.”

예상대로 구급상자를 들고 있는 남자는 군의관이 맞았다.

권혁진 중위가 김윤찬을 향해 거수경례했다.

“네네. 도대체 어떻게 된 건지는 모르겠지만, 일단 환자부터 이송해야 할 것 같습니다.”

지금 상황에 어떻게 해병대 소속 군용헬기가 출동했는지, 마동수가 이 자리에 왜 있는 건지를 따질 겨를이 없었다.

일단 간지석을 장포 연희대 부속병원으로 옮기는 것이 급선무였다.

“일단 환자부터 옮기죠! 동수 씨, 저기 지석 형님이 계십니다! 얼른 모시고 와야 해요!”

"아, 알겠습니다."

"음, 그리고 권 중위님! 지금 헬기 안에 의료 장비가 구비돼 있나요?"

"네. 의료용 헬기가 아니라 장비가 많지는 않지만, 산소호흡기하고 진통제, 진정제 정도와 초음파는 볼 수 있을 겁니다."

"네네, 알겠습니다. 얼른 환자부터 모시고 와 주세요. 전 헬기로 가서 의료 장비를 좀 살펴보겠습니다. 환자, 다이섹(심낭압전)입니다. 몸에 무리가 가지 않도록 최대한 조심해 주세요."

"네? 심낭압전이요?? 하아, 네네. 알겠습니다!"

심낭압전이 얼마나 위험한 병인지 알고 있는 권혁진 중위였기에 표정에 긴장한 기색이 역력했다.

"그러면 환자 부탁드립니다."

잠시 후.

그렇게 권혁진 중위에게 오더를 내린 김윤찬이 재빨리 헬기로 가 의료 장비를 확인했다.

곧이어 마동수가 군인들의 도움으로 간지석을 데리고 헬기 안으로 들어왔다.

"장포 연희대 부속병원으로 갑시다!"

모든 사람의 헬기 탑승이 완료되었고, 김윤찬이 간지석의 얼굴에 산소마스크를 씌웠다.

"네. 연희병원에 이미 통보를 해 뒀습니다."

"여기서 얼마나 걸릴 것 같습니까?"

"평소라면 15분 정도면 충분할 텐데, 기상 상태가 좋지 않아 정확히 확답을 드릴 순 없을 것 같습니다. 하지만 약 25분 정도 잡으시면 될 것 같습니다."

"아뇨! 지금까지 시간이 너무 지체되었어요. 최대한 빨리 갑시다!"

"하아, 네. 알겠습니다. 노력해 보겠습니다."

"네, 부탁드립니다! 환자가 그렇게 오래 버티지 못할 것 같습니다."

하악하악.

여전히 고통을 호소하는 간지석, 극심한 통증에 이제는 말 한마디조차 하기 힘들 만큼 탈진해 있었다.

김윤찬이 간지석의 팔에 진통제가 든 링거를 꽂았다.

제발! 제발 조금만 더 버텨요, 형!

이유야 어떻게 됐든 천만다행으로 헬기가 왔고, 이젠 장포 연희병원으로 가 수술할 수 있는 기회가 마련된 셈이었다.

여전히 간지석의 상태는 최악이었고 이미 수술 시기는 늦어졌으나, 조금은 희망을 볼 수 있었다.

다다다다, 다다다다.

그렇게 해변가에 착륙했던 헬기가 추적추적 내리는 비를 뚫고 시커먼 밤하늘을 질주하기 시작했다.

"형님은 괜찮으신 겁니까?"

진통제를 투여하고 어느 정도 거친 호흡이 안정되자 마동수가 물었다.

"아뇨. 지금은 그저 응급조치만 한 겁니다."

"그, 그럼 어떻게 되는 겁니까? 우리 형님은? 치료는 가능한 건가요?"

마동수가 잔뜩 겁에 질린 얼굴로 물었다.

"지금 상황에선 수술 말고는 대안이 없어요. 1분 1초가 아까운 상황이에요. 빨리 수술을 하는 것 말고는 답이 없습니다."

"선생님, 제발, 우리 회장님 좀 살려 주십시오! 선생님은 우리나라 최고의 의사시지 않습니까?"

"네. 어떻게든 시간 안에 도착만 한다면, 불가능한 건 아니에요. 그때까지 형님의 의지를 믿을 수밖에요."

김윤찬이 간지석의 손을 꽈악 쥐었다.

"네! 그럼요! 회장님은 그렇게 쉽게 포기하실 분이 아니에요! 꼭 이겨 내실 겁니다."

"네, 저도 그렇게 생각합니다. 그나저나 헬기……. 아닙니다. 그건 나중에 다시 얘기합시다."

"네, 그렇게 하시죠. 지금은 형님이 가장 중요하니까요."

김윤찬의 질문에 마동수가 고개를 끄덕거렸다.

15분 후.

그야말로 최선을 다한 비행이었다.

최대한 빨리 병원으로 이송해 달라는 김윤찬의 요청에, 헬기 조종사는 전속력으로 비행했다.

비가 내리고 바람도 강하게 부는 최악의 날씨였지만, 위험을 무릅쓴 헬기 조종사였다.

그렇게 15분가량을 날아온 김윤찬 일행은 마침내, 장포 연희병원 주차장에 착륙할 수 있었다.

연락을 받은 연희병원 측에서 지상 주차장을 미리 비워 놨던 모양이었다.

철컥.

헬기가 착륙하자 김윤찬과 권혁진 의무관이 들것에 간지석을 싣고 헬기에서 내렸다.

"김 교수님! 어서 오십시오!"

김윤찬이 헬기에서 내리자 마중 나와 있던 연희병원 의료진이 그를 맞았고, 곧바로 스트레처 카에 간지석을 옮겨 실었다.

"황 교수님이십니까?"

김윤찬이 다급한 목소리로 물었다.

"네, 맞습니다. 제가 연락받은 흉부외과 황현성입니다!"

"황현성 교수님! 수술 준비는 어떻게 됐습니까?"

"네네. 지금 수술방 어레인지해 놨고, 마취과 장 교수도 수술방에서 대기 중에 있습니다. 체외 순환기도 지금 가동 준비 끝났습니다."

"감사합니다. 환자는 지금 상행 대동맥이 터진 상황입니다."

드르르륵, 김윤찬이 스트레처 카를 끌며 황 교수에게 말했다.

"하아, 큰일이군요. 너무 늦지 않았습니까?"

"네. 솔직히 말씀드리면 쉽지 않은 수술이 될 것 같습니다. 황 교수님이 도와주십시오."

"당연하죠! 저야 영광입니다. 단 한 번만이라도 김 교수님과 함께 집도해 보는 게 소원이었으니까요."

"감사합니다. 큰 도움이 될 것 같습니다."

"아닙니다. 교수님을 모실 수 있는 것만으로도 영광입니다!"

"대동맥이 터지면서 혈액이 심낭 쪽에 고여 압박이 상당합니다. 일단 심낭 쪽 열고 고인 혈액을 제거한 다음, 상행 대동맥을 인조혈관으로 치환하는 수술을 할 생각입니다. 부탁드립니다. 최선을 다해 주십시오. 결코 쉬운 수술이 아닙니다."

"네네. 미력하게나마 최선을 다해 보필토록 하겠습니다."

드르르륵.

그렇게 김윤찬과 분원 황 교수가 간지석과 함께 수술방으로 향했다.

"일단 수술복으로 환복하시죠! 최 선생이 김 교수님 좀 도와드려요!"

병원 안으로 들어오자 황현성 교수가 김윤찬에게 말했다.

"알겠습니다! 흉부외과 최민욱이라고 합니다. 김윤찬 교수님, 제가 안내해 드리겠습니다."

분원 흉부외과 레지던트 최민욱이 정중하게 인사했다.

"네, 감사합니다."

"고맙긴요! 이렇게 교수님을 뵙게 돼서 영광입니다! 영상으론 많이 봤지만, 직접 교수님께서 집도하시는 걸 보다니, 꿈만 같습니다. 저 역시 최선을 다해서 어시스트하겠습니다!"

"고마워요! 경의실이 어딥니까?"

"네, 제가 안내하겠습니다."

그렇게 김윤찬이 최민욱의 안내를 받아 경의실로 발걸음을 옮겼다.

수술방.

"곧바로 마취 시작하겠습니다!"

"네."

긴급 투입된 마취과 의사가 약을 재 간지석의 팔에 정맥주사 했다.

긴급히 수술방으로 옮겨진 간지석.

맥박, 혈압, 산소 포화도 등등 모든 신진대사에 관여하는 수치들이 최악으로 치닫고 있었다.

어느 지표 하나 정상적인 것이 없을 정도로 심각하게 위험한 상황.

마취부터 시작해서 체외 순환기 연결, 그리고 심낭에 고인 혈액 제거 및 대동맥 치환 수술까지.

그 모든 과정을 이겨 낼 수 있을지 없을지 판단이 서지 않을 만큼, 간지석의 체력은 바닥이었다.

오로지 살겠다는 간지석의 의지와 정신력에 모든 것을 걸 수밖에 없는 상황.

이미 부풀어 오를 대로 부풀어 오른 동맥.

일부는 이미 찢어져 혈액이 심낭으로 흘러들어 가, 심장을 압박하고 있었다.

심낭에 고인 피를 뽑아내고 곧바로 찢어진 대동맥을 인조혈관으로 대체해야 하는 수술.

이곳저곳 검사할 시간이 없었다.

어떻게 수술해야 할지, 고민할 시간도 없었다.

지금은 머리보다 손이 먼저 움직여야 하는 상황이었다.

김윤찬이 곧바로 집도 준비를 마치고 바로 응급수술에 들어갔다.

"바이패스 온!"

"네, 심폐 순환기 가동합니다!"

위이이잉.

간지석의 심장과 폐를 대신할 심폐 순환기가 돌아가자, 심폐 순환기와 간지석의 몸에 연결된 관에 붉은 혈액이 빨려 들어갔다.

간지석의 상태로 보아, 지금 김윤찬에게 주어진 시간은 한 시간 남짓.

그 안에 찢어진 대동맥을 절제하고 인조혈관으로 대체해야 하는 절체절명의 순간이었다.

진단은 명확했다.

"상행 대동맥 다 먹혔을 겁니다! 곧바로 무명동맥, 좌측 경동맥을 제거하고 이미 내막이 터져 버린 상행 대동맥을 잘라 낼 겁니다. 다들 긴장하세요!"

김윤찬의 머릿속엔 어떻게 수술을 해야 할지가 명확하게 박혀 있었다.

지이이잉.

그렇게 흉골을 절제하자, 간지석의 시뻘건 심장이 드러났고, 이미 부풀어 오를 대로 오른 대동맥이 한눈에 들어왔다.

"헉!"

내막이 이미 찢어져 피가 새어 나오고 있는 대동맥을 확인한 김윤찬은 외마디 비명을 지를 뿐이었다.

생각했던 것보다 훨씬 심각한 상황이었다.

"환자 상태 최악입니다! 최선을 다한다 해도 솔직히 살려낼 자신이 없습니다! 여러분이 절 도와주셔야 합니다."

"네, 교수님."

"좋아요. 시작합니다! 나이프!"

초긴장 상태에서 마침내 수술이 시작되었다.

"네, 여기 있습니다."

"클램프!"

"네."

"꽉! 잡아 줘요! 그렇게 가만있지 말고!"

"네네. 죄송합니다, 교수님!"

"최민욱 선생님! 혈관 찢어집니다. 그렇게 세게 누르면 어떡해요? 가만히 대고만 있으라니까!"

"죄, 죄송합니다."

"비켜! 뭐 해요? 이리게이션(세척) 안 하고! 안 보이잖아요!"

워낙 다급한 상황이었기에 김윤찬의 태도 또한 평소와는 완전히 달랐다.

수술방에서 큰 소리 한 번 내 본 적이 없었던 그.

항상 온화한 미소를 잃지 않았던 그였지만, 오늘만큼은 달랐다.

어시스트 의료진의 일거수일투족에 신경을 곤두세우고 있었다.

평소 같으면 너그럽게 넘어갈 부분도 오늘만큼은 용서가 되지 않는 모양이었다.

"지금 장난해? 석션! 그렇게 멍청하게 보고만 있을 거야?"

"죄, 죄송합니다. 교수님!"

수련의들의 작은 실수도 용납할 생각이 없어 보이는 김윤찬이었다.

그만큼 다급했고, 그만큼 긴장하고 있다는 것을 의미했다.

"이미 내막이 전부 다 찢어졌어! 피! 지금 피 얼마나 있어요?"

"5팩 정도 남아 있습니다!"

"일단 5팩 다 걸고, 추가로 5팩만 더 가지고 오세요. 빨리!"

"네, 알겠습니다. 바로 수혈 시작하겠습니다."

김윤찬의 명령에 간호사들이 스탠드 혈액 팩을 걸고, 온 힘을 다해 쥐어짜기 시작했다.

시간과의 싸움.

지금 김윤찬이 할 수 있는 건, 속도전밖에 없었다.

조금이라도 지체될 경우, 망가진 간지석의 심장이 버틸 수 없기 때문이다.

"마취과 선생님! 지금 CBF(뇌 혈류량) 어떻습니까?"

"네. 혈류량이 적긴 하지만, 그래도 심각하게 문제 될 건 아닙니다!"

"심각하지 않다는 게 무슨 말이에요! 명확하게 수치로 말하세요, 대충 얼버무리지 말고요!"

김윤찬이 카랑카랑한 목소리로 다그쳤다. 이 모습 또한, 한 번도 보인 적 없는 김윤찬이었다.

"아, 네. 죄송합니다. 현재 뇌압 16mmHG에 혈류량은 정상입니다."

"16mmHG면 높은 거 아닙니까? 주의 깊게 관찰하고 더 올라가면 뇌압 강하제 투여해 주세요."

"네, 알겠습니다."

김윤찬의 표정은 심각했고, 그의 말투는 칼날처럼 날카로웠다.

분명, 평소와는 완전히 다른 김윤찬이었다.

잠시 후.

째각째각.

그렇게 흘러간 시간 1시간 40여 분.

찢어진 상행 대동맥을 인조혈관으로 교체하는 모든 수술이 끝났다.

마치 손에 모터가 달린 것처럼 빨랐고, 인조혈관으로 대체해 봉합하는 손끝은 로봇보다 정확하고 정밀했다.

초스피드로 진행된 수술이었고, 집도 내내 신경이 곤두서 있던 김윤찬이었지만, 단 1mm의 오차도 없었다.

그는 완벽하게 찢어진 대동맥을 인조혈관으로 치환했다.

명불허전이란 말이 괜히 있는 말이 아니었다.

김윤찬의 집도를 눈으로 지켜보고 옆에서 어시스트 했던 모든 의료진 역시 벌린 입을 다물지 못했을 정도로, 김윤찬의 술기는 담대했고, 정확했다.

"하아, 이제 플로우 다운합시다."

긴 한숨을 내쉬는 김윤찬. 온몸이 땀으로 흠뻑 젖어 있었다.

머리에서 김이 모락모락 올라올 정도로 힘겹고 어려운 수술이었다.

김윤찬은 수술방에서 자신이 할 수 있는 모든 것을 토해낸 듯, 탈진해 있었다.

"네, 교수님! 플로우 다운!"

플로우 다운을 하게 되면 천천히 체외 순환기가 멈추게 된다.

"교수님, 고생하셨습니다."

그중에서 가장 많은 욕을 얻어먹은 레지던트 최민욱이었다.

"최 선생도 고생 많았어요."

"아닙니다! 제가 제대로 보필하지 못해서 자칫 수술이 잘못될 뻔했습니다. 정말 죄송합니다."

최민욱이 고개를 숙이며 자책했다.

"미안해요. 너무 잘해 줬는데, 제가 조금 흥분했던 것 같아요. 오늘 너무 훌륭하게 잘해 주셨어요."

"네?"

뜻밖의 칭찬에 최민욱이 어리둥절한 표정을 지었다.

"잘해 주셨다고요. 너무 고맙게 생각합니다. 제가 말이 거칠었다면 이해해 주시기 바라요. 저도 사람인지라, 솔직히 오늘만큼은 감정 컨트롤이 되지 않았어요. 진심으로 사과합니다."

"아, 아닙니다. 교수님! 더 거칠게 다뤄 주셔도 됩니다."

"하하하, 거칠게요? 지금보다 더요?"

"네네. 영광입니다, 교수님!"

"좋아요. 나중에 기회가 되면, 우리 다시 만날 날이 있을 거예요."

"네! 그날을 손꼽아 기다리겠습니다!"

최민욱이 정자세를 취하며 감격스러운 표정을 지었다.

그렇게 사투를 벌인 김윤찬과 그를 어시스트한 의료진의 헌신 덕에, 수술은 성공적으로 마무리될 수 있었다.

간지석 역시, 구사일생으로 살아날 수 있었다.

♥

그날 밤.

"교수님, 접니다."

모든 수술을 마치고 간지석을 중환자실로 보낸 후, 김윤찬이 본원 고함 교수에게 전화를 걸었다.

–그래. 지석 군은 괜찮은 거냐?

"네, 일단 수술은 잘 끝났습니다. 지금 중환자실로 옮겨서 경과를 지켜보고 있어요."

–다이섹(대동맥 박리)이라고?

"그렇습니다. 조금만 늦었어도 위험할 뻔했어요."

–하아, 그 친구도 참 파란만장하구나. 그 고생을 다 하고 이제 좀 부귀영화를 누리나 했더니, 결국 몸이 말썽이야.

고함 교수가 안타까운 듯 한숨을 내쉬었다.

"네. 아마 일한다고 자기 몸을 돌보지 않아서 몸 성한 곳이 없을 거예요. 몸이 부서져라 회사 일에 매달렸으니까요."

—그러게 말이다. 그건 그렇고, 이렇게 되면 바로 올라오지는 못하겠구나.

"네, 며칠 이곳에 있으면서 상태를 살펴봐야 할 것 같습니다. 체력이 많이 떨어져 있는 상태라서요."

—그래. 다이섹 수술을 하고 나면 어떤 부작용이 생길지 알 수 없는 법이야. 여기 걱정은 하지 말고, 지석 군 관리에 신경 쓰거라.

"네, 감사합니다. 며칠만 이곳에 머물도록 하겠습니다. 과장님한테도 잘 말씀드려 주십시오."

—한상훈 과장? 그 인간은 지금 너한테 신경 쓸 겨를이 없어. 윤 부원장 비위 맞추느라고 눈코 뜰 새 없이 바쁘더구나.

"네, 차라리 잘됐네요. 한 과장님은 병원 일에 신경 끄는 게 훨씬 더 나으니까요.

—하하하, 그러게 말이다. 의사가 아니라 정치를 했어야 할 인간이야, 그 인간은. 아무튼, 욕보거라.

"네, 교수님."

"교수님, 정말 감사합니다!"

김윤찬이 고함 교수와 통화하는 동안, 옆에 서 있던 마동수가 그 큰 몸을 접어 공손하게 인사했다.

"아이고, 그러다가 우시겠습니다? 덩치에 안 어울리게?"

"하아, 안 그래도 형님 수술받는 동안, 성당에 가서 실컷 울었어요. 제발 형님 좀 살려 달라고요."

진짜 그랬는지 마동수의 눈이 벌겋게 충혈돼 있었다.

"진짜 그러셨나 보네?"

김윤찬이 가까이 다가가 마동수의 표정을 살폈다.

"아유, 저리 가십시오. 부끄럽습니다."

마동수가 민망한지 애써 김윤찬의 시선을 외면했다.

"하하하, 우리 마동수 이사님이 이런 면이 있었네요. 아이고, 수술 끝나고 긴장이 풀렸는지 갈증이 나 죽겠네요. 우리 시원한 음료수나 한잔 할까요?"

"제가 캔 맥주를 좀 사 올까요? 이럴 때는 시원한 맥주가 제격인데요?"

"아뇨, 아뇨. 형님한테 오늘이 가장 중요한 날이에요. 언제 문제가 생길지 모르니, 술은 나중에, 나중에 찐하게 한잔 합시다."

"네네. 알겠습니다. 그러면 제가 편의점에 가서 시원한 콜라라도 사 가지고 오겠습니다."

"아, 아뇨. 여기 휴게실에도 자판기가 있을 거예요. 거기 가서 마시면 돼요."

"아니, 그래도 자판기 콜라는 미지근할 텐데, 제가 시원한 걸로……."

"괜찮다니까요. 그보다도 내가 마 이사님한테 여쭙고 싶은 게 있어서 그래요. 휴게실로 가시죠."

"네? 아, 네. 알겠습니다. 그러면 가시죠."

그렇게 김윤찬이 마동수와 함께 휴게실로 자리를 옮겼다.

휴게실.

지이이잉.

달그락.

마동수가 자판기에 지폐를 넣고 버튼을 누르자, 캔 콜라가 떨어져 내려왔다.

"선생님, 드십시오."

"네! 감사합니다."

딸깍, 벌컥벌컥.

김윤찬이 콜라를 받자마자 뚜껑을 따고는 단숨에 끝까지 마셔 버렸다.

"크읍, 이제야 살 것 같네요."

끄윽, 자신도 모르게 나오는 트림 소리. 김윤찬이 민망한 듯 얼굴을 붉혔다.

"죄송해요. 나도 모르게 그만."

"괜찮습니다! 저한테는 선생님 트림 소리도 감미롭게 들리네요."

"와, 이건 정말 선을 넘어도 너무 넘는데요? 그러다가 제 방귀도 향기롭다고 하겠어요?"

"하하하, 물론이죠. 그거 당연한 거 아닙니까? 형님의 생명의 은인이신데.”

“미치겠네. 제 형님 살린 겁니다. 마 이사님이 모시는 회장님을 살린 것이 아니라.”

“하하하, 그러면 어떻고 저러면 어떻습니까? 간 회장님, 아니 지석 형님이 살아나셨다는 게 중요한 거죠.”

마동수가 해맑은 표정으로 환하게 웃었다. 어깨를 들썩이는 모습이, 춤이라도 추라고 하면 출 태세였다.

“그렇게 좋으십니까?”

“말이라고 하십니까? 진짜 지옥과 천당을 오고 간 기분입니다. 몇 시간 전만 해도 숨이 턱턱 막혀 죽겠더라고요. 선생님은 진짜 복 받으실 겁니다. 형님뿐만 아니라, 제 목숨도 살려 주셨으니까요.”

마동수가 자신의 목덜미를 만지며 혀를 내둘렀다.

“좋아요. 그러면 지금부터 제가 뭐 하나만 여쭤볼 테니까, 솔직히 말씀해 주시는 겁니다? 마 이사님 입으로 제가 생명의 은인이라고 하셨으니까요.”

김윤찬이 순식간에 진지한 얼굴로 표정을 바꿨다.

“네네, 말씀하십시오.”

“헬기 어떻게 공수해 오신 겁니까? 그것도 민간헬기가 아닌, 군용헬기를?”

마동수를 응시하는 김윤찬의 눈빛이 매서웠다.

“뭐, 그게……. 아저씨가 연락을 했나 봅니다. 저한테 연락이 왔길래 차라리 해병대 쪽에 연락을 좀 취해 보라고 했거든요."

마동수가 말을 더듬거리며 어물쩍 넘어가려 했다.

"지금 그걸 말이라고 하십니까?"

"맞다니깐요! 요즘 우리나라가 얼마나 좋아졌습니까? 저도 깜짝 놀랐다니까요? 이 정도로 정부가 국민을 위하는 줄은 꿈에도 몰랐거든요? 진짜 대한민국 넘버 원!"

마동수가 엄지를 추켜세우며 너스레를 떨었다.

"그만하시죠? 그게 가능한 일이었으면, 제가 했어요. 게다가 동수 씨 눈을 보면 알거든요. 지금 거짓말하고 있는 거 다 티 나요."

김윤찬이 고개를 가로저었다.

"아닌데? 정말 그런 건데요??"

마동수가 어깨를 으쓱거리며 끝끝내 부인했다.

"동수 씨, 지금부터 제가 하는 말 잘 들어요. 환자 대부분이 절 만나면 제일 먼저 하는 말이 뭔지 아십니까?"

"네? 그게 무슨 말씀입니까?"

"거짓말! 환자들이 제게 하는 말 중에 제일 많이 하는 게 거짓말이에요. 거짓말할 때는 눈빛이 다르죠. 그러다 보니, 저도 이젠 눈빛만 봐도 알아요. 지금 동수 씨가 저한테 거짓말을 하고 있다는 것을."

"아, 아닌데…… 그게."

난감한 표정의 마동수. 그가 민망한 듯 뒷머리를 긁적거렸다.

"말씀해 보세요. 저도 짚이는 데가 있으니까."

"아, 미치겠네? 그게 말씀드리면 안 되는데……."

"솔직히 말씀하시는 게 좋을 겁니다. 일반인이 군부대에 전화해서 헬기 보내 달란다고 보내 주는 우리나라 부대는 없으니까."

마동수가 거짓말을 하고 있음을 알아차리는 건 그리 어려운 일이 아니었다.

"하아, 진짜 안 되는데."

마동수가 여전히 머뭇거리며 주저주저했다.

"빨리 말씀해 보세요. 제가 군부대에 직접 확인하기 전에."

"아, 알았습니다. 그게 실은……. 곧 그분한테 연락이 올 겁니다."

"그분이라뇨?"

"아, 그게 제가 김 회장님한테 부탁을 드렸습니다. 워낙 급한 상황이라 머릿속에 그분 말고는 떠오르는 사람이 없더라고요."

마동수 이사가 민망한 듯 입술을 잘근거렸다.

"김 회장님이시라면, 저희 양어머니를 말씀하시는 겁니까?"

"네, 그렇습니다. 제가 아는 사람 중에 군용헬기를 움직이실 수 있는 분은 그분뿐이라서……."

"아, 그러셨군요."

김윤찬 역시 자신의 양어머니인 김 할머니를 생각하지 않은 건 아니었다.

아니, 제일 먼저 머릿속에 떠오른 사람도 김 할머니였으니까.

하지만 김윤찬은 김 할머니에게 연락하지 않았다.

언제나 문제가 생기면 김윤찬을 도와줬던 그녀.

어디선가 무슨 일이 생기면 나타나는 짱가처럼, 김 할머니는 위기 때마다 김윤찬을 도와줬었다.

하지만 김윤찬은 오롯이 자신의 힘만으로 간지석을 살려내고 싶었다.

언제까지 김 할머니의 막강한 힘을 빌려 살 것인가.

이제는 김 할머니의 그늘에서 벗어나고 싶었던 김윤찬이었다.

하지만 이번에도 역시 양어머니의 도움을 받고 말았다.

띠리리리.

그 순간, 김윤찬의 전화벨 소리가 울렸다. 마동수의 말대로 김 할머니의 전화였다.

–나다.

"네, 어머니."

—너 목소리가 왜 그러니? 내가 빚쟁이가? 사내 목소리가 왜 그렇게 멕아리가 없니?

"아닙니다. 그나저나 방금 마동수 이사로부터 소식 들었습니다. 도와주셔서 감사합니다."

—그 간나새끼, 덩치는 산만 해 가지고 조동아리는 촉새같이 가볍구나야. 그새 너한테 일러바쳤니?

"아뇨. 군부대 헬기를 움직이실 수 있는 분은 제 주변에 어머님밖에 없으니까요."

—야야! 말 속에 이따시만 한 생선 가시가 들어 있구나야. 목이 콱콱 막힌다야.

"죄송합니다."

—죄송? 이 간나새끼, 너 언제부터 나랑 내외하는 사이가 된 기가? 애미가 자식 일을 도와주는 건 인지상정이야. 그깟 일로…….

"그깟 일이 아닙니다. 전 오롯이 저 혼자만의 힘으로 지석 형님을 살리고 싶었습니다."

—개소리 집어치우라. 그럼 네가 살렸지, 내가 살린 기가?

"아니 그래도……."

—홀홀홀, 윤찬이 네가 뭔가 착각을 해도 단단히 한 모양인데, 넌 의사야. 의사가 뭔지 말해 보라.

"그거야……."

–뭐니? 내 질문이 너무 개똥 같네? 맞아. 의사는 하는 일이 사람 살리는 거야. 그럼 난 뭐겠네?

"……"

–네 앞에서는 재벌 회장 나부랭이도, 배지 단 국회의원 아새끼들도 내 앞에서는 벌벌 기는 기야. 왜인지 아니?

"글쎄요."

–돈이야, 돈! 이 세상에서 제일 더러운 것이면서도 숭고한 게 뭔지 아니? 그게 바로 돈이야. 돈 앞에서는 겸손해지지 않는 인간들이 없어. 다들 순둥이가 된단 말이디.

"음, 네."

–그러니까 건방 떨지 말라. 너 나보다 돈 많네?

"아닙니다."

–그러니까 까불지 말라. 난, 너를 도와준 게 아이야. 아직은 죽어서는 안 되는 간나새끼를 도와준 거디. 그러니 오해 말라, 널 도와준 게 아니야. 그리니까 네가 나를 악덕 사채업자 대하듯이 할 일이 아니디. 알간?

"……."

–아직 내가 그놈한테서 뽑아 먹을 게 남았거든?

"네, 무슨 뜻인지 잘 알겠습니다. 제가 주제넘었습니다."

–홀홀홀, 아직도 골이 안 풀린 모양이구나야.

"아닙니다, 그런 거."

–너 명심해라. 우린 각자 할 수 있는 일을 하며 살아가는

거야. 의사는 손으로 하는 거다, 난 돈으로 하는 거고. 우리 각자 가지고 있는 걸로 할 수 있는 일을 했을 뿐이야.

"네, 알겠습니다."

–그렇게 억울하면 손이고 돈이고 다 가져 보라. 그러면 이 애미도 입 다물고 있을 테니까.

"……."

–끊어라. 전화 요금 많이 나온다. 지난달에도 무신 전화 요금이 8천 원이나 더 나왔어? 이놈의 통신사 놈들 아주 칼만 안 들었지, 날강도 놈들이지 않어?

"네, 나중에 연락드리겠습니다."

5일 후, 흉부외과 병동 VIP실.

위험한 고비를 넘긴 간지석.

김윤찬이 간지석과 함께 장포에서 서울로 이동했고, 간지석은 연희병원 VIP 병실에 입원했다.

이제 링거 대신 미음을 먹을 수 있을 정도로 간지석의 몸 상태는 조금씩 좋아졌다.

"형님, 괜찮으세요?"

김윤찬이 간지석의 상태를 살피기 위해 그의 병실을 찾았다.

"괜찮아."

"그냥 누워 계세요."

간지석이 자리에서 일어나려 하자, 김윤찬이 만류했다.

"괜찮아, 많이 좋아졌어."

"대단하네요. 복부 대동맥류에 상행 대동맥 찢어진 환자도 별로 없거니와, 그 두 가지 치명적인 병에 걸렸는데도 살아난 사람은 형님뿐일 겁니다. 해외 토픽감이에요."

"그러게 말이다. 내가 아직 죽을 팔자가 아닌가 봐."

간지석이 입가에 희미한 미소를 띠었다.

"그러니까요. 앞으로는 제발 제 말대로 하십시오. 이제부터 형님 관리는 제가 하도록 하겠습니다."

"그래, 알았다."

"제발 쓸데없는 짓 그만하시고요! 형님이 그런다고 해결되는 건 아무것도 없어요. 보셨잖아요? 형님이 없는 경파 그룹이 얼마나 허무한가를."

"그래, 내 생각이 짧았던 것 같아."

"형님이 잘하시는 걸 하세요. 저도 제가 잘하는 것에 집중할 테니까요."

"후후후, 네가 잘하는 건 알겠는데, 내가 잘하는 건 뭐냐?"

"돈이요. 돈만큼 솔직한 건 세상에 없어요. 지금까지 잘해오셨지만, 앞으로도 돈 많이 버십시오. 그래서 그 돈, 숭고하게 사용해 주세요."

"숭고하게?"

"네. 돈만큼 숭고한 건 없죠. 그런 뜻에서 우리 병원 소아 흉부외과 병동에 투자하시죠. 지금 병원에선 수익성 따져 가면서 간을 보고 있으니까요."

"크크크, 그러니까 날 살려 준 대가를 치러라?"

"그럼요. 세상에 공짜는 없으니까요."

"좋아! 내가 얼마나 내놓으면 되겠니?"

"많이요. 형님 목숨값에 걸맞게 투자하십시오."

"하하하, 내 목숨값이라? 그게 그렇게 가치가 있을까?"

"그거야 형님이 투자하신 금액을 보면 알겠네요. 저도 궁금하네요, 형님 목숨값이 얼마나 되는지."

윤미순 이사장 집무실.

윤미순 이사장이 비밀리에 김윤찬을 자신의 집무실로 불러들였다.

"간지석 씨는 좀 어떻습니까?"

"점차 회복되고 있긴 한데, 워낙 위험한 수술이고 상태가 좋지 않았기에 좀 더 지켜봐야 할 것 같습니다."

"음. 젊고 유능한 사업가인데, 김 교수가 신경 좀 써 줘요."

"네, 최선을 다해서 진료하고 있습니다."

"그나저나 경파 그룹 쪽에서 우리 병원 소아 심장병 센터에 투자하겠다는 의향서를 보내왔더군요?"

탁, 윤미순 이사장이 김윤찬에게 서류철을 내보였다.

"그렇군요."

"이미 김 교수님은 알고 계셨던 거군요?"

김 교수와 간지석의 관계를 잘 알고 있고, 윤미순 본인이 워낙 눈치가 빠른 여자였기에 바로 알 수 있었다.

"네, 그렇습니다. 사실 좀 더 시간을 두고 검토할 생각이었는데, 병원 측에서 너무 성급하게 움직이시는 것 같아 좀 서둘러 달라고 했습니다."

"호호호, 절 야단치는 것 같군요?"

"아닙니다. 재단 입장에선 매년 적자 폭이 늘어 가는 걸 보면서 가만있을 수는 없겠죠. 충분히 이해합니다."

"아뇨. 그건 김 교수님이 틀린 것 같네요. 전 애초에 소아 심장병 센터를 축소할 계획 따위는 없었어요."

윤미순 이사장이 천천히 고개를 내저었다.

"투자가 결정되니 슬쩍 발을 빼시려는 겁니까?"

"후후후, 제가 김 교수님을 믿는 것만큼, 김 교수님은 절 믿지 못하시는 것 같군요. 제가 지금까지 살아오면서 딱 하나 지키는 불문율 같은 것이 있죠."

"……."

"돈이 되는 건, 절대로 버리지 않는다. 힘이나 권력은 가변적이에요, 주식시장처럼. 강할 때도 있지만 약할 때가 반드시 오죠. 하지만 돈은 그렇지 않아요. 언제나 강합니다. 그게 돈의 진리죠."

윤미순이 김 할머니와 비슷한 맥락의 말을 했다.

"지금 돈이 되질 않고 있잖습니까? 그래서 병상을 줄이려고 하시는 거고요."

"하지만 돈이 됐잖습니까? 이만한 돈이면 심장 센터 병동 인력들 5년은 놀고먹을 수 있을 것 같은데요? 보세요."

윤미순이 서류철을 펼쳐 보였다.

1백억!

초기 투자 자금 1백억에 10년간 매년 10억씩, 총 1백억을 더 투자하겠다는 간지석의 약정서였다.

물론, 그 금액 중엔 돈이 없어 치료를 제대로 받지 못하는 불우 아동들에게 무상 진료를 해 준다는 단서와 함께.

"하아, 그러면 이걸 예상이라도 하셨다는 겁니까?"

김윤찬이 어이없다는 듯이 윤미순을 쳐다봤다.

"아뇨. 저 그 정도는 아니에요. 다만 김 교수님이 있는 한, 우리 병원 소아 심장병 센터는 적자가 날 이유가 없다는 생각 정도는 하고 있었죠. 그 와중에 운이 좋았던 거고?"

피식, 윤미순 이사장이 한쪽 입꼬리를 말아 올렸다.

"그건 말이 안 되지 않습니까? 저를 믿으셨다면 왜……."

"왜 소아 심장 센터를 줄이려고 혈안이 된 거냐, 이건가요?"

"그렇습니다."

"노노, 그거는 제 뜻이 아니라, 윤 부원장의 구상이었어요."

"윤장현 부원장님요?"

"그렇습니다. 잘난 내 동생, 윤장현 부원장을 말하는 겁니다. 그 녀석도 셈이 무척이나 빠른 인간이죠."

"무슨 말씀입니까?"

"이해가 되지 않는 것 같은데, 제가 좀 더 쉽게 설명해 드리죠. 그 인간이 구상하는 연희병원의 미래 속에 김윤찬 교수는 없어요. 김윤찬 교수가 없다는 건, 소아 심장병 센터가 아무런 의미가 없다는 걸 뜻할 테고. 그렇게 되면 결국 소아 심장병 센터는 무용지물, 아무짝에도 쓸모없는 곳이 되겠죠. 분명 내게는 황금알을 낳는 거위로 보였는데 말이지."

윤미순 이사장이 김윤찬을 보며 미소 지었다.

"음, 그렇다면 모든 것이 이사장님의 뜻이 아니라는 겁니까?"

"물론! 난 엔간하면 내 물건 남 안 줘요. 충분한 가치가 있는 것이라면 더욱더. 애초에 전, 소아 심장병 센터를 치울 생각이 전혀 없었으니까."

"그렇다면 왜 윤 부원장이 추진하는 것을 막지 않으셨습니까? 이사장님이 막고자 하셨다면 충분히 그렇게 하실 수 있었을 텐데요.”

“호호호, 그걸 몰라서 물어요?”

윤미순이 미소 지으며 고개를 갸웃거렸다.

크리스마스의 기적

"네, 잘 모르겠습니다."

김윤찬이 냉소적인 반응을 보였다.

"개새끼도 내 집 앞에서는 절반은 먹고 들어간다고 하잖아요. 사방팔방 떠돌아다니던 개새끼가 오랜만에 자기 집에 찾아왔는데, 그만한 호사는 누려야 하는 거 아닌가요?"

윤미순 이사장이 한쪽 입꼬리를 말아 올렸다.

"일단 간을 좀 보시겠다는 겁니까? 윤 부원장님이 원하는 걸 두고 보면서."

"역시, 김 교수님은 눈치가 빠르시군요? 당연히 간을 봐야죠. 그 개새끼가 남의 손을 탄 건지, 여전히 충성을 다할 놈인지 파악해야 하지 않겠어요? 그래야 좀 더 데리고 살지,

아니면 내다 버릴지 결정하죠."

"그렇다고 동생분을 개 새끼 취급하시는 좀 너무하신 것 아닙니까? 제가 듣기 민망하군요."

"민망할 게 뭐 있어요? 개 새끼는 그냥 개 새끼예요. 개 새끼는 사람이 될 수 없죠. 개 새끼가 예쁘다고 사람 호적에 올릴 순 없는 것 아닙니까?"

한 핏줄이면서도 윤장현 부원장을 자신과 같은 선상에 올릴 생각이 추호도 없는 윤미순 이사장이었다.

"혹시 윤장현 부원장님이 혼외자라서입니까?"

"어머? 우리 김 교수님 의외로 발이 넓으시네? 그걸 또 어떻게 아셨대? 장현이 개가 씨앗 자식이라는 걸 아는 사람 거의 없는데?"

윤미순 이사장이 짐짓 놀란 표정을 지었다.

"이사장님이 저에 대해서 아시는 만큼만 저도 이사장님에 대해서 알고 있습니다. 불쾌하셨다면 죄송합니다."

"아뇨, 아뇨. 불쾌할 일이 있나? 그럼요, 큰일을 할 사람이라면 그 정도 정보력은 있어야죠. 오히려 김 교수님이 더 믿음직스러운데요?"

"칭찬같이 들리지는 않는군요. 어쨌든, 다 좋습니다. 윤장현 부원장의 간을 보시든 테스트를 하시든, 저와는 상관없는 일이니까. 하지만 그러다가 정말 윤 부원장이 소아 심장병 센터를 폐쇄하시면 어떻게 하시려고 했던 겁니까?"

"설마 그럴 리가요. 결과적으로 폐쇄 안 하잖아요? 이렇게 큰돈을 투자받는데, 어떤 정신 나간 인간이 그런 짓을 합니까?"

"그렇다면 간 회장님이 투자하실 걸 알고 계셨다는 건가요?"

"호호호, 아뇨. 내가 그런 걸 어떻게 압니까? 무당도 아니고. 하지만 현실이 그렇잖아요? 지금 교수님과 제 눈앞에 놓인 저거! 그게 제 답이에요."

윤미순이 턱짓으로 테이블 위에 놓인 투자 제안서를 가리켰다.

"후후후, 운이 좋으시군요."

"아니죠. 제가 운이 좋은 게 아니라 운이 좋은 사람이 제 옆에 있는 거죠. 아무튼, 이번 투자 제안으로 장현이도 축소니 폐쇄니 더 이상 떠들어 댈 명분이 없으니 조용해지겠네요."

"그렇게 되겠군요."

"좋아요! 이제 집 나갔다가 돌아온 개새끼와의 허니문 기간은 이걸로 쫑을 치도록 하겠어요. 그러니 김 교수님은 앞으로 소아 심장병 센터 운영에 온 힘을 기울여 주세요."

어떤 사람은 뒤로 넘어져도 코가 깨진다고 하던데, 윤미순이란 이 여자는 돌부리에 걸려 넘어져도 눈앞에 떨어진 돈을 주워 담을 여자였다.

"네, 그렇게 하겠습니다. 다만, 소아 심장병 센터에 대해 쓸데없는 관심은 삼가 주셨으면 합니다."

"큭큭큭, 김 교수 본인이 만들어 낸 성과라 본인이 알아서 운영할 테니, 이사장 따위가 왈가왈부하지 말라는 소리로 들리는군요?"

윤미순 이사장이 한쪽 눈썹을 치켜올렸다.

"편하신 대로 해석하십시오."

"톡톡 쏘는 게 제법 알싸합니다? 좋아요. 어차피 간 회장이랑 김 교수의 관계가 어떤지 잘 아는 마당에 간섭하고 싶은 마음은 눈곱만큼도 없었어요. 알아서 잘 운영해 보세요. 수익만 난다면야 제가 간섭할 일이 있겠습니까?"

"네, 감사합니다. 소아 심장병 센터 운영에 관해 제게 전권을 위임한다는 약정서 하나만 써 주십시오."

"호호호, 그럼요! 당연히 그래야죠. 비즈니스는 그렇게 하는 겁니다. 흔쾌히 써 드리죠. 우리 김 교수님, 굉장히 재밌는 분이시네?"

윤미순 이사장의 입가에 걸린 미소. 제법이라는 의미였다.

"감사합니다."

"좋아요. 약정서는 주 변호사 입회하에 작성하기로 하고, 그것보다 내가 김 교수한테 긴히 할 얘기가 있어요."

"뭡니까?"

"조만간 환자 하나가 우리 병원 18층에 입원할 것 같아요."

조금 전과는 달리 윤미순의 표정에 긴장감이 묻어 있었다.

환자 한 명 들어왔다고 긴장을 탈 정도로 간이 작은 그녀가 아니었기에, 조금은 의아스러운 김윤찬이었다.

"18층이면 VVIP 병동 아닙니까?"

18층 VVIP 병동.

연희병원 최고의 셀럽들만 이용할 수 있는 특수 병동이었다.

하루 입원비가 1천만 원이 넘고, 최고의 보안 시설이 갖춰진 비밀 요새 같은 곳이었다.

정재계 고위급 인사들이 주로 찾는 곳으로, 돈이 있다고 들어갈 수 있는 병실이 아니었다.

그곳에 입원할 수 있다는 건 분명 엄청난 권력을 손에 쥐고 있는 사람이거나, 그 권력에 상응할 만큼 막대한 돈을 가지고 있는 사람일 것이다.

"그래요. 아주 대단한 사람이 입원을 할 것 같군요."

"그게 누굽니까?"

"음, 너무 많이 알려고는 하지 마세요. 그냥, 좀 대단한……. 그렇게만 알아 두시는 게 좋아요. 평소에 가벼운 협심증을 앓고 있다고 하니 김 교수님이 좀 봐 주셔야 할 것 같아요.”

“제가 봐 드리는 거야 큰 문제가 될 일은 아닙니다. 다만 의사는 환자에 대해서 아무런 정보도 없이 치료를 할 수 없고, 그렇기에 저 역시 치료를 할 수 없습니다. 다른 의사를 찾아보시죠.”

“이 일을 어쩌나? 김 교수 아니면 이 병원에 올 일이 없다고 하셨는데…….”

윤미순이 난감한 듯 고개를 갸웃거렸다.

“그러니까 말씀을 해 주십시오. 이사장님이 이렇게 안절부절못하시는 걸 보니, 칼자루는 제가 쥐고 있는 것 같은데 말입니다.”

“하아, 그래도 이건 좀 곤란해요. 김 교수가 나 좀 봐줘요. 나중에, 나중에 여건이 되면 그때 귀띔해 드릴게요. 정말 제가 곤란해서 그래요.”

윤미순 이사장이 진짜로 난감한 듯 난색을 표했다.

“얼마나 대단한 사람인데 이렇게 유난을 떠는지 모르겠군요.”

“미안해요. 일단 이번 한 번만 그냥 넘어갑시다. 네? 저 좀 살려 줘요.”

분명 대단한 사람임은 틀림없는 듯했다. 천하의 윤미순이 이 정도 저자세로 나오는 걸 보면.

“네, 일단 알겠습니다.”

"고마워요. 김 교수! 정말 고마워."

♥

연희병원 VVIP 병동.

연희병원 최고의 입원실. 오로지 환자 한 명이 전체 층을 전부 사용하는, 그야말로 천혜의 요새와도 같은 곳이었다.

김윤찬이 조금은 긴장된 표정으로 병실 안으로 들어왔다.

탁탁탁탁. 병실로 들어가자마자, 한 노인이 낡아 빠진 계산기를 짜증스럽게 두드리고 있었다.

바짝 마른 몸매에 미간이 깊이 파여 신경질적인 인상을 가진 노인었다.

"안녕하십니까? 담당 주치의 김윤찬이라고 합니다."

"이런 똥물에 튀겨 먹을 놈들! 이게 지금 얼마야? 입원비가 하루에 1천만 원? 이런 날강도 같은 새끼들!"

'쥐뿔, 침대에 금칠을 해 뒀나? 이거 별로 편하지도 않구먼. 제기랄, 하루라도 빨리 나가야지.'

탁탁탁, 김윤찬이 인기척을 했음에도 불구하고 노인네는 들은 척도 하지 않은 채 계산기만 두드리고 있을 뿐이었다.

노인은 침대 쿠션을 확인하려는 듯 엉덩이까지 들썩거렸다.

'이놈이 등 따시고 배부르니까 간이 배 밖으로 튀어나왔지. 이런 데를 잡아 놔?? 이놈들아, 내가 어디 내 돈 내고 이런 데 들어와 자빠져 있을 사람이야? 아나, 떡이다! 이거 다 네놈들 몫에서 제할 거니까 그런 줄 알아!'

홀홀홀, 노인이 탐욕스러운 눈을 희번덕거리며 주절주절 댔다.

"어르신?"

그러자 김윤찬이 민망한 듯, 한 번 더 인기척을 했다.

"당신이 김윤찬 교수요?"

그제야 노인이 김윤찬에게 눈길을 주었다.

"네, 맞습니다. 제가 담당 주치의 김윤찬입니다."

"아니, 솔직히 이건 너무한 거 아니오?"

"……."

"무슨 하루 입원비가 1천만 원이래? 이거 정말 날강도 아니우? 정말 1천만 원이 맞아요?"

노인이 미간을 좁히며 김윤찬에게 쏘아붙였다.

"네, 그렇습니다."

"아니, 침대도 그냥저냥이고, 벽지에 금칠을 한 것도 아니고, 저기 정수기에서는 고로쇠 물이라도 나온답디까? 뭐가 이렇게 비싸?"

노인이 주야장천 불만을 터뜨리며 주절거렸다.

"어르신, 원하시지 않으면 다른 곳으로 옮기시면 됩니다.

제가 조치를 취해 드릴까요?"

"뭐라고?"

그러자 노인이 눈매를 가늘게 뜨며 김윤찬을 노려봤다.

"우리 병원은 환자에게 입원실을 강요하지 않습니다. 어르신께서 원하시지 않는다면, 입원실을 옮기시면 되는 겁니다. 어차피 잘됐군요. 지금 어르신의 모습을 뵈니, 이곳은 어르신과 어울리지 않는 곳 같군요."

노인의 악다구니에도 전혀 흔들림이 없어 보이는 김윤찬이었다.

"홀홀홀, 그 냥반 제법 까탈스럽네? 그 할망구 말이 맞긴 맞나 보구먼."

그제야 노인이 쇳소리가 섞인 웃음소리를 내며 피식거렸다.

"어르신, 병원에서는 정확한 호칭을 사용해 주시고, 가급적이면 저에게 존대를 해 주십시오. 그게 우리 병원의 원칙입니다."

"뭐라? 손주 같은 사람한테 존대를 하란 말이야?"

"어르신은 제가 손주 같아 보이실지 모르지만, 어르신과 저와의 관계는 환자와 주치의의 관계입니다. 따라서 정확한 호칭을 사용해 주시고, 반말은 삼가 주십시오."

"하하하, 고놈 참! 김 할매 말대로 당돌하구나야."

김 할매? 어머니를 알고 있다는 건가?

그는 김윤찬의 양어머니 김 할머니와 친분이 있는 모양이었다.

"어르신, 계속 이런 식으로 하대하시면 전 더 이상 어르신을 진료할 수 없습니다. 다른 병실로 이동하시거나, 여의치 않으시면 타 병원으로 전원을 하십시오."

김윤찬이 무표정한 얼굴로 담담하게 퇴원을 권유했다.

"너 내가 누군지 모르니? 네 양어머니가 아무 말도 안 하든?"

여전히 거만한 태도를 버리지 않는 노인이었다.

"저희 어머니를 어떻게 알고 계시는지 모르겠지만, 저와는 아무런 상관이 없습니다. 계속 이렇게 무례하게 구시면……."

"아이고, 알았어요. 아씨, 존대하면 되잖아요? 뭘 그런 걸 가지고 이렇게 까칠하게 굴어요, 민망하게? 미안해요, 김 교수!"

씨알도 먹히지 않자 노인이 결국 한발 물러서며 꼬리를 내렸다.

"네, 앞으로 주의해 주십시오."

"알았어요, 알았어. 그러면 지금부터 난 뭘 해야 하는 거요?"

"일단 검사부터 받아 보셔야 할 것 같습니다."

"검사? 무슨 검사요?"

검사라는 말에 노인이 눈을 동그랗게 떴다.

"네. 혈액검사, 소변검사, 심장 초음파 등등 일단 병원에 입원하셨으면, 필요한 검사를 해야 합니다."

"하아, 아니 나 협심증만 좀 있다니까요? 그런데 혈액검사, 오줌검사는 왜 하는 거요? 그거 다 돈 들어가는 것 아닙니까?"

"아뇨. VVIP 병실에 입원하시면, 기본적인 검사는 무료로 해 드립니다."

"아하! 그래요?? 공짜라고?"

"그렇습니다."

"암암, 그러면 해야지. 바로 시작합시다."

공짜라는 말에 노인의 얼굴에 화색이 돌았다.

도대체 이 노인은 뭘 하는 사람인가?

"네. 조금 뒤에 간호사 선생님이 오셔서 도와주실 겁니다."

"그러면 지금은 뭘 하는 게 좋겠소?"

"네, 간단한 문진을 진행하고자 합니다."

"좋습니다. 이것도 공짜죠?"

공짜라면 양잿물이라도 마실 마음의 준비가 된 노인이었다.

"네에. 그러면 몇 가지만 여쭙겠습니다. 협심증 진단은 언제 받으셨습니까?"

"그게……. 한 5년 전에 서운대에서 그럽디다, 제가 협심증이라고."

그렇게 김윤찬이 노인을 대상으로 문진을 하면서 진료가 시작되었다.

잠시 후.

띠리리리.

김윤찬이 노인의 진료를 마치고 병실에서 나오자, 김 할머니한테서 전화가 왔다.

"네, 어머님. 무슨 일이십니까?"

―그 염병할 영감탱이 입원했니?

방금까지 김윤찬과 실랑이를 벌이던 노인 환자를 말하는 듯했다.

"누구 말씀입니까?"

―누구긴 누구야? 명동 사채왕 황춘식이지. 오늘 너희 병원에 입원했잖니.

명동 사채왕 황춘식??

그라면 김윤찬도 이름 정도는 들어 본 사람이었다.

현금 동원력이라는 측면에서 국내에서 그를 따라갈 사람이 없다는 것 정도는 김윤찬도 들어서 알고 있었다.

보유하고 있는 현금이 얼마나 되는지 가늠조차 되지 않을 만큼, 엄청난 자산가였다.

"글쎄요. 그분이 누구신지 잘 모르겠네요, 어머니."

–아, 병원 일급비밀이가? 그래서 나한테도 말 안 하는 거니?

"네. VVIP 병실 환자는 특히 보안이 중요하니까요."

–홀홀홀, 돌겠구나야. 고럼, 고럼, 당연히 그래야디. 원칙은 지키라고 있는 거니까. 알갔다. 아무튼 나랑은 막역한 영감탱이니까 네가 잘 좀 신경 써라.

"그 환자분, 어머니가 저한테 보내신 겁니까?"

–무슨? 그 영감탱이가 직접 날 찾아와 네가 있는 병원에 보내 달라고 얼마나 성화를 부리던지. 아주 거머리같이 착 달라붙어서 죽는 줄 알았구나야.

"네, 최선을 다하도록 하겠습니다."

–고럼, 고럼. 그 영감탱이가 자식이 셋이나 있는데, 하나같이 망나니 새끼들이야. 믿을 놈 하나 없어. 그러니까 잘 좀 부탁한다. 알간?

"네, 알겠습니다."

김 할머니의 소개를 받고 김윤찬을 찾아온 명동 사채왕, 현금 동원력 국내 일인자, 황춘식!

그가 연희병원에 VVIP실에 입원을 했다.

그토록 윤미순 이사장이 그의 정체를 밝히기 꺼려 했던 이유가 마침내 밝혀지는 순간이었다.

며칠 후, VVIP 병실.

입원 후, 황춘식은 각종 검사를 받았고 그 결과가 나왔다.

김윤찬이 검사 결과를 설명하기 위해 황춘식의 병실을 찾아갔다.

“어떻소? 내가 죽을병이라도 걸린 겁니까?”

김윤찬의 표정이 심각하자, 황춘식이 곁눈질을 하며 조심스럽게 물었다.

“아니요. 정반대시네요. 결과는 매우 양호합니다, 어르신.”

“하하하, 그렇습니까?”

김윤찬의 말에 얼굴이 화색이 되는 황춘식이었다.

“다만 간 수치가 좀 높고 지방간이 있으시니, 당분간 기름진 음식이나 술은 삼가시고, 꾸준히 운동을 하시는 것이 좋을 것 같습니다.”

“하아, 고거 참 아쉽구먼. 내가 원래 간 하나는 기똥차게 싱싱했는데 말이야.”

황춘식이 아쉬운 듯이 턱 주변을 매만졌다.

“네. 그 밖에 다른 검사 수치는 거의 대부분 정상 범위 안에 있으십니다. 크게 걱정하지 않으셔도 됩니다.”

“그러면 협심증은? 그건 어떻게 된 거요?”

"네, 그렇지 않아도 지금 말씀드리려고 했습니다. 협심증은 완치가 쉽지 않은 병입니다. 다만, 어르신의 상태는 매우 양호한 편이어서 약물로도 치료가 가능할 것으로 보입니다."

"그, 그래요? 그거참, 듣던 중 반가운 소리구먼."

"네. 일단은 약물 치료를 하되, 효과가 없으면 중심 관상동맥 스텐트 삽입술을 고려해 보도록 하겠습니다."

"스텐트 뭐시기요? 그거 위험한 겁니까?"

"아뇨, 그렇지 않습니다. 간단한 수술이고요. 막혀 있는 혈관에 관, 스텐트를 삽입해 뚫어 주는 걸 말합니다. 어렵지 않은 시술입니다."

"그래요?? 하하하, 이제야 속이 다 시원하구먼, 김 교수 말을 들으니까."

"네. 연세에 비해 건강이 매우 양호하신 편이십니다. 곧 퇴원하셔도 될 것 같습니다."

"퇴원이라고요?? 여기 하루 입원비가 1천만 원이라면서요? 하루라도 더 머물게 하는 게 병원에선 좋을 텐데?"

"병원에는 도움이 될지 모르겠지만, 환자한테는 별로 도움이 되질 않습니다. 사람은 사람들과 부대끼며 살아야 회복 에너지도 더 많이 생성되거든요."

"하하하, 돈을 내겠다는데도 나가라는 의사는 처음 보겠구먼."

"……."

"괜찮아, 괜찮아요! 이 돈, 전부 내 자식새끼들 주머니에서 나오는 거야. 그러니까 이참에 봉이라고 생각하슈. 내가 여기 오래 있으면 있을수록 우리 김 교수님한테 좋은 거 아니요?"

"그런 거 없습니다. 다만 전 병원의 내규에 따라 VVIP 환자이신 어르신을 맡았을 뿐입니다."

"하여간 그 할망구가 사람 하나 보는 눈은 똑바로 박혔구먼. 참 맘에 드는 눈빛이야, 김 교수 눈빛은."

'내 새끼 중에 단 한 놈이라도 저런 눈빛을 가지고 있었으면 얼마나 좋을까?'

황춘식 탄식을 늘어놓으며 입맛을 다셨다.

"아무튼 별다른 지병은 없는 것 같으니, 퇴원 수속을 밟도록 하겠습니다."

"허허, 참말로 까칠하구먼. 나 한평생을 장돌뱅이로 굴러먹던 사람이요. 늘그막에 호사 좀 누려 보겠다는데, 뭘 그렇게 박하게 구쇼. 한 며칠 쉬면서 돈 좀 써 볼라요. 이참에 자식 놈의 새끼들이 어떻게 나오나도 좀 보고."

"음, 그러면 알아서 하십시오. 다만 병실이란 곳은 치료가 필요한 사람을 위한 것이니, 그리 오래 방치할 순 없습니다."

"미치겄네. 알았어요, 알았어. 그건 내가 알아서 할랑께 신경 쓰지 말고, 나 김 교수한테 부탁 하나만 해도 되겄소?"

"말씀하십시오. 제가 들어드릴 수 있는 부탁이면 들어드리겠습니다."

"아마 내 자식놈들이 김 교수를 줄줄이 찾아올 거요. 갸들한테 겁을 좀 주소. 나 죽을병 걸렸다고. 물론, 속으로야 만세를 부르겠지만."

쩝, 황춘식이 씁쓸한 듯 입가에 쓴 웃음을 지었다.

"글쎄요. 의사로서 보호자에게 정확한 환자 상태를 설명할 의무가 있습니다. 검사 결과를 비롯해 모든 환자의 상태를 정확히 고지해 주는 것이 의사의 의무입니다. 없는 얘기를 지어서 할 수는 없습니다."

"아주 개가 짖는구먼. 내 이럴 줄 알았어. 허천나게 떠들어 봐야 무슨 소용이람?"

황춘식이 실망감을 감추지 못하며 투덜거렸다.

"다만 환자분께서 원하시지 않는다면, 환자 개인 정보 보호 차원에서 비밀을 지켜 드릴 순 있습니다만. 그렇게 해 드릴까요?"

"고렇지! 바로 그거예요. 환자 머시기 보호법! 다른 건 다 맘에 안 드는데, 고거 하난 맘에 든단 말이여! 아무튼, 부탁 좀 하오. 하루라도 빨리 나 하나 뒈지기를 바라는 망나니 같은 놈들 검은 속내 좀 알아보고 싶으니까."

자신의 자식들에 대한 반감이 깊어 보이는 황춘식이었다.

"네, 그렇게 하겠습니다."

그렇게 VVIP실에 입원한 현금왕, 황춘식의 건강은 큰 문제가 없는 것으로 나왔다.

♥

김윤찬 교수 연구실.

그리고 며칠 후, 황춘식의 말대로 그의 자식들이 하나둘 병원에 왔다.

제일 먼저 큰아들 황재현이 김윤찬을 만나러 왔다.

"저희 아버지 상태는 좀 어떻습니까?"

황재현이 김윤찬의 눈치를 살피며 입술에 침을 둘렀다.

"글쎄요."

"네? '글쎄요'라뇨? 자식이 아버지 건강 상태를 묻는데, 그런 말이 어딨습니까?"

김윤찬의 대응에 황재현이 기분 나쁜 투로 쏘아붙였다.

"보호자님도 알다시피, 우리 병원 내규상 VVIP 환자의 경우, 본인의 허락 없이는 아무리 보호자라도 환자의 정보를 제공할 순 없습니다."

"아니, 그래도 이건 좀 너무한 것 아닙니까? 자식 된 도리로 그 정도는 알고 있어야 하는 것 아니오."

"글쎄요. 말씀하신 대로 보호자라면 이미 환자의 건강 상태 정도는 파악하고 있어야 하는 것 아닌가 싶군요."

"하아, 그건 워낙 저희 아버지가 괴팍하셔서 저하고는 상의를 잘 안 하시니까 그렇죠."

"그렇다면 저 역시, 보호자분과 상의가 힘들 것 같군요. 환자분의 부탁이 있었습니다. 자신의 건강 상태에 관한 사항은 전부 비밀에 부쳐 달라고요."

"미치겠네. 그래서 정말 아무것도 알려 주지 않겠다는 겁니까?"

황재현이 답답하다는 듯이 미간을 잔뜩 찌푸렸다.

"그렇습니다. 환자분의 허락이 있기 전까지는 아무것도 설명해 드릴 것이 없군요."

"흐음, 좋습니다. 그러면 한 가지만 더 묻겠습니다. 우리 아버지가 협심증을 앓고 있는 걸로 아는데, 정말 괜찮은 겁니까?"

정말 괜찮지 않았으면 하는 것 같군.

저 탐욕스러운 눈빛, 자신의 부친이 정말 회복되길 바라는 걸까?

황춘식의 말대로 황재현의 눈 속엔 탐욕만이 가득할 뿐, 진정으로 자신의 아버지를 걱정하는 마음은 눈곱만큼도 담겨 있지 않았다.

"죄송합니다. 그것 역시 말씀드릴 수 없습니다. 정 궁금하시면 아버님께 직접 여쭤보시지요."

바늘로 찔러도 피 한 방울 나올 것 같지 않은 김윤찬의 태도였다.

"하아, 진짜 어처구니없네? 아버지가 직접 말해 주실 거면, 내가 교수님을 왜 찾아오겠습니까?"

"그러게요. 왜 찾아오셨습니까? 다 알고 계시면서."

"돌겠네. 알겠소. 아무튼 우리 아버지 신변에 무슨 일이 생기면 그때는 알아서 하쇼."

'TV에 나올 때 보면 사근사근하더니만, 그거 다 연기였네. 젠장!'

황재현이 투덜거리며 자리에서 일어났다.

그리고 그날 오후, 황춘식의 둘째 아들 황도현이, 그리고 그다음 날 아침엔 황춘식의 막내딸 황미연이 김윤찬을 연달아 찾아왔다.

물론, 얻은 건 아무것도 없었지만 말이다.

김윤찬은 황춘식의 말대로 그에 관한 그 어떠한 개인 정보도 자식들에게 공개하지 않았다.

다음 날, 황춘식 병실.

"하하하하, 고놈들 아주 똥줄이 타겠구먼."

자신의 자식들이 연달아 찾아왔다는 말을 들은 황춘식이 박장대소했다.

"저로서는 도저히 이해가 되질 않는군요. 아무리 그래도 자녀분들 아니십니까? 어르신의 건강에 대해선 정확히 알고 있을 필요가 있을 텐데요."

"모르는 소리 마쇼. 그놈의 새끼들은 다 글러 먹었어. 죄다 어떡하면 내 주머니 털어 갈 수 있을까 눈이 벌게서 지랄발광을 하는 놈들이여. 어디 하나 쓸 만한 자식새끼가 없어요. 내가 돈은 많이 벌었는지 몰라도, 자식 농사 하나는 완전 망쳤어요. 아무튼 끝까지 나랑 약속한 것은 지켜 주시오."

김윤찬이 처음으로 느껴 보는 황춘식의 슬픈 눈이었다.

"네, 알겠습니다."

"그나저나 하도 처박혀 있응께 몸이 근질근질하는디, 잠깐 바람 좀 쐬고 와도 되겄소? 여기 있으니까 아주 좀이 쑤셔 죽겄는디."

황춘식이 이리저리 몸을 비틀며 궁시렁거렸다.

"네. 어르신께서 원하신다면 가벼운 산책 정도는 가능할 것 같습니다. 물론 이걸 피우시지 않는다는 전제라면요."

김윤찬이 주머니에서 담배와 라이터 하나를 꺼내 들어 보였다.

"어? 어? 그, 그거 뭐여? 그게 왜 김 교수 손에 들려 있는 거야?"

드르륵, 침대 옆 서랍장을 열어 보는 황춘식. 담배가 사라진 것을 보자 이내 인상을 마구 찌푸렸다.

"어르신의 말씀이 맞는다면, 이러면 이럴수록 자녀분들이 좋아하시겠군요. 만약 다시 한번 이런 물건이 발각된다면 강제로라도 퇴원시킬 테니 그런 줄 아십시오."

"홀홀홀, 아이고야. 이제는 평생 내 친구인 댐배도 끊어야 쓰겄네? 난 무슨 낙으로 산담?"

황춘식이 허탈한 듯 너털거렸다.

"그런 못된 친구와는 결별하시고, 운동이나 명상 같은 새로운 친구들을 사귀시기 바랍니다."

"아이고야, 이거 시어머니가 따로 없구먼. 알았어요, 알았어! 그까이 거 안 피우면 되잖여?"

"네, 그렇게 하셔야 합니다. 이 좋은 세상 좀 더 구경하시려면요."

김윤찬이 들고 있던 담배를 전부 부러뜨려 쓰레기통에 쑤셔 박았다.

❤

그날 오후, 김윤찬에게 산책을 허락받은 황춘식이 간만에 따뜻한 볕을 즐기기 위해 병원 뒤뜰로 나왔다.

"큭큭큭, 김 교수! 자네가 아무리 개코라도 이건 몰랐을 것이여! 니덜 김 교수한테 주둥이 함부로 놀리면 다 뒈지는 줄 알아라잉?"

"아, 네. 회장님!"

황춘식이 양말에 돌돌 말려 숨겨져 있던 담배 한 개비를 꺼냈다.

"니덜 망 잘 봐야 한다? 혹시라도 김 교수가 눈에 보이면 바로 인기척혀?"

"네, 알겠습니다."

"그런디 뭐 하고 거기 자빠져 있냐? 퍼뜩 저리 안 가?"

황춘식이 경호원들을 향해 손을 내저었다.

"네네, 알겠습니다."

"아이 좋아! 간만에 피우니까 이거 아주 꿀맛이구먼."

후우우, 경호원들이 사라지자 황춘식이 담배에 불을 붙이고는 입가에 행복한 미소를 지었다.

바로 그때였다.

"할아버지! 여기서 담배 피우시면 어떡해요!"

예닐곱 살쯤 되어 보이는 소녀 하나가 나타나 허리에 양손을 올려놓은 채 황춘식을 나무랐다.

"뭐라고?? 요놈아, 이 머리에 피도 안 마른 녀석이 버릇없이 어른한테 대들어?"

황춘식이 꼬마를 매섭게 노려봤다.

"머리에 피가 마르면 죽죠, 할아버지!"

"어라, 요 당돌한 놈을 보소? 네 애비가 그렇게 가르치던? 저리 썩 가지 못해? 고얀 놈!"

황춘식이 굵은 눈썹을 꿈틀거리며 역정을 냈다.

"아이, 할아버지! 자꾸 그렇게 담배 피우시면 손주들이 싫어해요. 담배 냄새가 얼마나 지독한데."

시시콜콜 꼬마 녀석이 뒷짐을 진 채 황춘식을 꾸짖었다.

이제는 어른 흉내를 내면서 말이다.

"그런 거 없어! 그리고 내 손주들은 이미 다 컸거든? 자기들도 담배 피우면서 누구한테 뭐라 해?"

"어휴, 딱 보니까 알겠네요."

아이가 천천히 고개를 내저었다.

"아, 알긴 네깟 놈이 뭘 알아?"

"할아버지 손자들은 어릴 때도 할아버지랑 안 놀았죠?"

"뭐야?"

사실 그랬다.

황춘식에게도 손자, 손녀는 다섯이나 있었다.

지금은 이미 장성해 다들 어른이지만, 그들도 이 꼬마처럼 어린 시절이 있었다.

하지만 명절이나 가족 모임이 있을 때 외에는 단 한 번도 그를 보러 오지 않는 아이들.

언제나 황춘식의 손주들은 그를 어려워했다. 아니, 두려워했다는 것이 훨씬 더 정확한 표현이었으리라.

집에 오자마자 돌아가고 싶어 안달이 났던 황춘식의 손주들.

황춘식에게 다가와 재롱이라는 걸 부려 본 적이 없었다. 아니, 황춘식이 질문하는 것에 대한 짧은 대답 말고는 따뜻한 말 한마디 섞어 본 적이 없었다.

그와 눈이라도 마주칠세라 고개를 돌렸던 그들.

물론 황춘식도 여느 할아버지처럼 부모 몰래 용돈을 쥐여 주거나, 과자나 장난감을 사 놓고 몰래 나눠 주는 일도 없었다.

아이들은 그런 황춘식을 어려워했고, 황춘식 역시 그런 손주들에게 각별한 정은 없었다.

황춘식에게 자식들, 손주들은 그저 호시탐탐 자신의 재산을 노리는 승냥이 같은 존재였을 뿐이었다.

그런데 지금 황춘식의 앞에 서 있는 요 꼬마 녀석이 따박따박 말대꾸를 하지 않는가?

호랑이같이 무서운 존재였던 황춘식에게 조그마한 녀석이 겁도 없이 왈왈거리고 있었다.

"요놈 봐라. 너 이 녀석아, 자꾸 이런 식으로 말대꾸하면 망태 할아버지가 잡아간다?"

황춘식이 눈을 매섭게 뜨며 꼬마한테 다가갔다.

"망태 할아버지가 뭔데요?"

"그런 게 있어! 어른한테 버릇없이 구는 고약한 녀석들을 잡아가서 내다 판단다. 그래도 좋으냐?"

"헤헤헤, 그런 게 어딨어요?"

"있다니깐?"

"에이, 거짓말!"

하룻강아지가 범 무서운 줄 모른다더니, 꼬마 녀석이 따박따박 말대꾸를 하며 조금도 물러설 기색이 없었다.

"아이고, 말세네, 말세. 도대체 요즘 애들은 왜 이렇게 되바라진 거야? 도대체 자식 교육을 어떻게 시킨 거야? 넌 이름이 뭐냐?"

황춘식이 퉁명스럽게 물었다.

"정은채예요. 나이는 7살이고요."

"쳇, 누가 나이 물어봤냐?"

"그냥 궁금해하실까 봐서요."

"하나도 안 궁금하다, 요놈아. 잠깐, 은채면 여자 이름 아냐? 무슨 사내놈 이름이 그러냐?"

"헤헤헤. 저 여자예요. 남자 아니고."

"흠흠, 그러냐? 그건 좀 미안하다. 머리가 짧아서 사내놈인 줄 알았다."

"괜찮아요. 다들 그러니까요."

"그러냐? 뭐, 그럼 내가 그렇게 잘못한 거도 아니네. 그나저나 날씨도 더워 죽겠는데, 웬 털모자를 그렇게 쓰고 다니냐? 그것도 요즘 애들 스타일이냐?"

"헤헷, 그냥요. 멋있죠? 우리 엄마가 만들어 준 거예요."

은채가 해맑게 웃었다.

"나 참! 하여간 요즘 것들은 유별나. 오뉴월에 털모자를 쓰고 다니면서 멋있다니?"

끌끌끌, 황춘식이 못마땅한 듯 혀를 찼다.

바로 그때였다.

"은채야! 여기서 뭐 해?"

아이 엄마인 듯한 여자가 헐레벌떡 달려왔다.

"엄마!"

"엄마가 한참 찾았잖아. 약 먹을 시간인데 여기서 뭐 해? 이분은 누구시고?"

은채 엄마가 황춘식을 곁눈질하며 물었다.

"흠흠, 황춘식이라고 합니다. 그나저나 이 아이 엄마 되슈?"

"네, 어르신. 제가 은채 엄마입니다. 우리 아이가 무슨 잘못이라도 했나요?"

황춘식이 못마땅한 표정을 짓자 은채 엄마가 걱정스러운 표정으로 물었다.

"아아, 그런 건 아니고, 뭐. 요즘 애들 버릇없는 건 누구나 다 아는 사실이니까. 암튼 어른이 물어보는데, 따박따박 말대꾸를 하더군요?"

황춘식이 뒷짐을 진 채 거드름을 피웠다.

"아, 그랬나요? 죄송합니다, 어르신! 제가 다음부터는 그런 일이 없도록 따끔하게 혼을 내겠습니다. 제가 대신 사과

드릴게요.”

은채 엄마가 연신 고개를 숙여 황춘식에게 사과했다.

“아아, 됐어요! 그 정도로 심한 건 아니니까 굳이 그럴 필요는 없어요.”

생각지도 않은 은채 엄마의 공손한 태도에 황춘식이 민망한 듯 손을 내저었다.

“은채, 너 어른한테 버릇없이 굴면 못써. 얼른 죄송하다고 말씀드려!”

“응! 할아버지, 죄송합니다. 다음부터는 안 그러겠습니다.”

엄마의 말이 떨어지기가 무섭게 은채가 양손을 배꼽에 모아 예의 바르게 사과했다.

“흠흠흠, 그, 그래. 다음부터는 그러지 말거라.”

에헴, 본인도 사과받기 민망했던지 황춘식이 은채의 시선을 피해 하늘을 올려다보았다.

“아 참! 할아버지! 이거 드세요!”

은채가 주머니에서 막대 사탕 하나를 꺼내 내밀었다.

“이게 뭐냐?”

“사탕이요! 딸기 맛이에요.”

은채가 환하게 웃었다.

“에잇, 나 단 거는 안 먹는다! 너나 많이 먹…….”

“제가 제일 아끼는 맛이에요. 이것 드시고 담배는 그만 피우세요. 건강에 안 좋아요."

황춘식이 사탕이란 말에 인상을 찌푸리며 손사래를 치자, 은채가 다가와 귓속말을 전하며 황춘식의 손에 막대 사탕을 꼭 쥐여 주었다.

"……."

제가 제일 아끼는 맛이에요!

지금까지 누군가가 가장 아끼는 물건을 자신에게 줘 본 적이 있던가?

항상 남의 가장 소중한 것들을 빼앗기만 했던 황춘식.

'제가 제일 아끼는 맛이에요!'라는 은채의 말에, 몽둥이로 머리를 맞은 듯 멍한 표정을 지었다.

"할아버지? 괜찮으세요?"

황춘식의 안색이 좋지 않자 은채가 걱정스러운 표정을 지었다.

"어? 어, 어 흠흠, 괜찮으니까 얼른 가 봐라. 약 먹을 시간이라며?"

"네. 그러면 나중에 또 봬요, 할아버지!"

"보긴 또 뭘 봐? 됐다. 약이나 잘 먹고 아프지나 말아라."

말은 쌀쌀맞게 굴면서도 슬그머니 막대 사탕을 주머니 속에 집어넣는 황춘식이었다.

황춘식이 뒷짐을 진 채, 발걸음을 돌렸다.

그가 주머니 속에 손을 집어넣어 막대 사탕을 만지작거리며 하늘을 올려다보았다.

–제가 제일 아끼는 맛이에요!

돌아서 가면서도 좀 전에 은채가 했던 말이 머릿속에서 떨어지지 않는 황춘식이었다.

김윤찬 교수 연구실.

윤이나가 차트를 들고 김윤찬의 연구실을 찾아왔다.

"당신 시간 될 때 은채 좀 봐 줘요."

윤이나의 표정이 심상치가 않았다.

"은채라면, 수모세포종 환아 말하는 건가?"

수모세포종이란 선천성 소아 종양으로, 그 예후가 그리 좋지 않은 질병이었다.

대부분의 소아 종양의 경우, 제대로 수술을 받기만 하면 5년 생존율이 90% 정도이다.

하지만 수모세포종의 5년 생존율은 겨우 50% 내외였고, 은채의 경우는 좀 더 상황이 좋지 않아 그 확률은 훨씬 더 낮았다.

따라서 수술의 위험성으로 인해, 화학요법에만 의존하고

있는 상황이었다.

"증세가 어떤데?"

"당신도 알다시피 뇌척수액이 막혀서 두개 내압이 상승하다 보니 두통을 심하게 호소하고 있고, 구토도 잦아. 게다가 시신경 유두 울혈 때문인지, 시력도 감퇴하는 것 같아."

은채의 증상을 설명하는 윤이나의 표정이 어두웠다.

"그렇군. 결국 수술을 해야겠군."

"네, 맞아요. 일반적으로 수모세포종은 소뇌에 생기기 마련인데……. 소뇌에 생긴 종양이 수모세포종일 경우, 침윤성이 굉장히 강하잖아."

"그렇지. 침윤성이 강해서 소뇌뿐만 아니라 소뇌 반구도 침범하는 경우가 많다고 알고 있어. 맞아?"

"맞아. 지금 은채 케이스가 그래. 그래서 수술이 조심스러워. 게다가 소뇌 반구까지 긁어내야 하는 수술이라 나 혼자는 좀 버겁거든. 이 분야 전문 케빈 교수님이 하시면 좋으련만."

"케빈 교수님이면, 존스홉킨스 소아외과 교수님을 말하는 건가?"

"그래요. 그분이 이 분야 최고 전문가세요. 그분이라면 걱정 없이 맡길 텐데."

"일단 은채 부모님이랑 상의를 해 보는 게 어때?"

"존스홉킨스로 건너가 수술을 받을 정도가 됐다면 벌써 말했죠. 은채 엄마가 미혼모예요."

"아이고야, 쉽지 않겠구나."

하아, 김윤찬이 짧은 탄식을 내뱉었다.

"응. 지금 병원비도 빠듯한데, 미국까지 건너갈 여유가 되겠어요? 말조차 꺼낼 수가 없었어. 다행히 우리 병원 불우 소아 청소년 지원 재단에서 병원비를 일부 지원해 줘서 버티고 있는 실정이거든. 수술비 마련도 쉽지 않아요."

후우, 윤이나가 땅이 꺼져라 한숨을 내쉬었다.

"그렇구나. 일단 나도 방법을 찾아볼 테니까, 너무 걱정 마."

"고마워요. 워낙 성격이 밝고 착한 아이라 마음이 더 쓰이네."

"그러게. 지난번에 잠깐 진료하느라고 얼굴 본 사이인데, 인사도 잘하더라고. 치료하느라 힘들 텐데, 언제나 밝아 보였어."

"맞아요. 우리 은채가 완전히 분위기 메이커예요. 노래도 잘 부르고 춤도 얼마나 잘 추는데! 아이돌 그룹 춤도 거의 비슷하게 흉내 내요."

"아, 그래? 그나저나 당신 은채 얘기만 나오면 엄마 미소 나오는 거 알아?"

"내가?"

"그럼, 그럼, 아무래도 안 되겠어. 우리도 은채 같은 딸내미 하나 가져 볼까?"

"어머, 미쳤어? 김 교수님! 왜 이러세요? 이 남자가 아주 능글능글해졌다니까? 예전에 그 풋풋한 매력은 어디다 갖다 버렸어욧? 그거 하나 보고 결혼한 건데?"

"하하하, 농담이야. 농담. 뭘 그런 걸 가지고 발끈해?"

"됐고! 아무튼, 당신이 은채 좀 봐 줘요. 요즘 폐에서 자꾸 긁히는 소리가 나는 것 같아요."

"음, 지난번에도 폐렴으로 꽤 고생했었지?"

김윤찬이 차트를 넘겨 보며 검사지를 확인했다.

"응. 가뜩이나 독한 약도 쓰고, 방사선도 많이 쏘여서 면역력이 많이 떨어졌거든. 요 며칠 폐 소리가 너무 안 좋더라고요."

"알았어. 내가 시간 내서 진찰해 볼게. 너무 걱정 마요."

"고마워요. 우리 은채, 정말 안 아팠으면 좋겠어. 이번 크리스마스엔 은채 병이 낫는 기적이 좀 찾아왔으면 얼마나 좋을까?"

어느새 윤이나의 눈두덩이가 붉게 물들어 있었다.

"크리스마스라……. 아직 멀었잖아? 크리스마스까지."

"그러게요. 은채가 올해 크리스마스에는 눈이 오길 바란다네요. 그 눈을 꼭 볼 수 있어야 하는데."

흐음, 윤이나가 천장을 올려다보며 한숨을 내쉬었다.

병원 뒤뜰.

오늘은 보안 요원까지 따돌린 황춘식이 담배 한 개비를 주머니 속에 찔러 넣은 채 뒤뜰로 나왔다.

'이것들이 아주, 월급 주는 나를 무시하고 그새 김 교수한테 일러바쳐? 아주, 퇴원하기만 하면 잘라 버릴 거야. 육시럴!'

황춘식이 주변을 두리번거리더니, 아무도 없는 것을 확인하고 담배를 입에 물었다.

"캬! 달다, 달아!"

후우, 황춘식이 담배에 불을 붙이고는 양 볼이 홀쭉해지도록 담배 연기를 빨아들이더니, 하늘을 향해 연기를 내뿜었다.

바로 그때였다.

"또! 또! 또! 할아버지! 담배 피우시면 안 돼요!"

언제부터 지켜보고 있었는지, 은채가 갑자기 튀어나왔다.

"앗! 넌, 그 꼬맹이??"

황춘식이 반사적으로 담배를 뒤쪽에 감추며 당황스러워했다.

"어휴! 진짜 할아버지는 딱, 준석이 같아요, 정말!"

은채가 입을 삐죽거리며 손가락을 흔들었다.

"준석이? 그게 누군데?"

치지지직, 황춘식이 담배꽁초를 바닥에 내던지더니 발로 비비적거렸다.

"소망유치원 다니는 내 친구예요. 준석이는 선생님이 하지 말라고 하면 더 해요, 청개구리처럼. 아주 할아버지랑 똑같아요!"

으이그, 은채가 황춘식을 나무라며 고개를 가로저었다.

천하의 독불장군인 황춘식, 그가 이번엔 제대로 임자를 만난 모양이었다.

며칠 후.

그렇게 역정을 냈음에도 불구하고 담배를 피울 즈음엔 항상 주변을 두리번거리는 걸 보면, 황춘식은 분명 은채가 오기를 기다렸던 모양이었다.

그렇게 그는 며칠간 은채를 만났다.

짧은 데이트를 통해 좀 더 가까워진 그와 꼬마 숙녀.

"야, 이 녀석아! 난 상관 말고 네 엄마한테 가! 괜히 또 혼나지 말고."

야단을 치면서도 황춘식이 담배 촉을 떨궈 냈다.

"할아버지! 담배는요, 할아버지한테도 나쁘지만, 다른 사람한테도 나빠요. 할아버지는 뉴스도 안 보세요?"

황춘식을 보자마자 잔소리부터 늘어놓는 아이였다.

"난 안 본다. 어쩔래?"

언제나처럼 퉁명스럽게 쏘아붙이는 황춘식.

은채가 거리낌 없이 황춘식이 앉아 있는 벤치로 가 옆에 앉자, 황춘식이 움찔거렸다.

이제 아주 자리를 내주는 모양새다.

"어? 이상하네? 어떻게 안 볼 수 있어요? 다른 아줌마들이 틀면 저절로 보게 되는데? 그러면 〈저주의 신부〉도 안 보세요?"

은채가 고개를 갸웃거렸다.

"저주의 신부?? 그게 뭐냐? 뭐 그런 제목이 다 있어?"

"아침에 하는 드라마인데, 상희네 엄마가 굉장히 좋아하는 거거든요."

"허허허, 말세네, 말세. 신부가 왜 저주를 해? 막장 드라마냐?"

"그런 건 잘 모르겠고, 우리 병실 아줌마들이 엄청 엄청 좋아하는 드라마예요."

은채가 양팔을 펼쳐 둥그렇게 원을 그렸다.

"뭐냐? 난 그런 거 안 본다. 그리고 난 혼자 방을 써서 TV도 내 맘대로 보고 싶은 거만 본단다. 그런 돈도 안 되는 걸 왜 봐."

황춘식이 입술을 씰룩거리며 못마땅해했다.

"와! 정말요? 그러면 할아버지 입원실에는 할아버지뿐이에요?? 다른 할아버지나 할머니는 없어요??"

은채가 신기한 듯 목소리를 높였다.

"홀홀홀, 그래. 없다, 그런 거. 난 누가 내 옆에 있는 게 딱 질색이거든."

은채의 천진난만한 모습에 황춘식이 처음으로 입가에 미소를 지었다.

"와! 좋겠다. 그러면 할아버지 방에는 소파도 있어요? 푹신푹신한 거?"

"그럼, 당연히 있지."

"와와! 되게 좋겠다! 그러면요, 할아버지는 화장실도 혼자 써요?"

"그야 두말하면 잔소리지."

황춘식이 조금씩 자기도 모르게 은채와 자연스럽게 대화를 섞기 시작했다.

"그러면, 변기에서 이렇게 슉슉 물도 나와서 엉덩이 닦아줘요?"

"비데를 말하는 거냐?"

"네네, 맞아요. 휴지 없어도 되는 거요. 물이 슉슉 나와서!"

은채가 손가락을 내뻗으며 비데 물줄기가 나오는 모습을

흉내 냈다.
“그거야 당연하지.”
흠흠, 황춘식이 거들먹거리며 목을 빳빳이 세웠다.
“와! 대단하다. 저 그러면 할아버지 방 구경하러 가도 돼요?”
“그럼, 당연하…… 흠흠흠, 안 된다! 할아버지는 다른 사람이 내 방에 들어오는 걸 엄청 싫어해. 딱 질색이야.”
“아, 네에. 그러면 할아버지 가족들도 할아버지 방에 못 들어와요?”
“그럼, 당연하지! 내 허락 없이는 아무도 못 들어와. 아무리 가족이라도.”
“그렇구나.”
은채의 목소리에 힘이 없었다. 녀석이 힘없이 고개를 떨어뜨렸다.
“뭐냐?? 남자 녀석이 그렇게 맥아리도 없이? 사내는 그렇게 함부로 고개를 떨어뜨리는 거 아냐!”
“저 남자 아니라니깐요!”
그러자 은채가 고개를 들어 매섭게 황춘식을 노려봤다.
“하하하! 맞다, 맞다! 여자애라고 했지? 껄껄껄, 미안하다, 미안해!”
황춘식의 두 번째 박장대소. 근래 들어 그에게서 이런 모습을 본 적이 있었나?

“헤헤헤. 괜찮아요. 다른 사람들도 헷갈려하니까.”

금방 해맑은 미소를 되찾는 은채였다.

“흐음, 그나저나 하나만 묻자. 다들 날 무서워하는데, 넌 내가 안 무섭니?”

“아뇨. 하나도 안 무서워요. 그냥 귀엽기만 한데요?”

“예끼! 이놈아! 어른을 놀리면 못써! 내가 나이가 몇 살인데 귀엽다는 소리를 해?”

역정을 내면서도 기분이 그렇게 나쁘지 않은가 보다. 슬그머니 입가에 미소를 짓는 황춘식이었다.

“난 할아버지 귀여운데?”

은채가 천진난만하게 고개를 갸웃거렸다.

“고 녀석 얄밉네. 그나저나 친구들이랑 놀면 되지, 왜 다 늙은 내 방에 오겠다는 거냐?”

이제 황춘식이 먼저 말을 걸기까지 했다.

“아, 그거요. 사실은 우리 엄마가 맨날 내 침대 밑에서 쭈그리고 자거든요. 그럼 아침에 일어나면 팔도 아프고 허리도 아프고 그래서요.”

“아…….”

은채의 말에 황춘식의 입에서 외마디 감탄사만 튀어나올 뿐이었다.

“내가 할아버지 소파에서 자면, 울 엄마가 편하게 잘 수 있잖아요. 그런데 할아버지가 싫어하면 놀러 갈 수가 없어요. 엄마가 남한테 신세 지는 거 하지 말라고 했어요."

"아……. 그, 그랬냐?"

단 한 번도 남한테 배려라는 걸 해 준 적도 없고, 그런 걸 받아 본 적도 없는 그.

심지어 가족에게도 철저하게 이해관계만을 강조했던 황춘식.

이 작은 꼬마의 말 한마디에 목 밑에서부터 붉은 기운이 올라오고 있었다.

"네네, 엄마가 그랬어요."

"꼬맹이 너, 생각보다 착하구나?"

황춘식의 입에서 처음으로 칭찬이 나왔다.

"헤헤헤, 정말요? 감사합니다!"

언제나 그랬듯, 은채가 황춘식에게 배꼽 인사를 했다.

"그렇게 인사하는 건 어디서 배웠냐?"

"엄마가 이렇게 하라고 했어요."

"그래? 네 엄마가 생각보다 제대로구나. 그런데 꼬마야! 너는 왜 맨날 그렇게 모자를 쓰고 다니냐? 날씨도 후덥지근한데?"

"아, 이거요? 음, 있잖아요. 저, 원래는요……. 머리가 여기까지 왔었거든요? 그래서 엄마가 맨날 이렇게 이렇게 길게 끈으로 묶어 줬어요."

은채가 머리를 따 내리는 흉내를 냈다.

"아, 그래서……."

은채의 행동을 보자마자 왜 은채가 날이 더운데도 털모자를 쓰고 다니는지 알 수 있는 황춘식이었다.

"네네. 지금 저 완전 머리카락이 하나도 없어요. 보여 드릴까요?"

"아, 아니다. 됐다! 이 할아비도 머리 없는 건 마찬가지야. 자 봐라. 여기, 여기. 아주 휑하지?"

황춘식이 자신의 정수리를 은채에게 내보였다. 단 한 번도 남에게 보인 적이 없는 그 정수리를.

"큭큭큭, 진짜네요? 할아버지도 저처럼 머리 깎은 거예요?"

"뭐라고?? 깎아?"

껄껄껄, 황춘식이 세 번째 큰 웃음을 터트리고 말았다.

황춘식의 이런 모습을 본 사람은 아마도 지구상에 은채 한 명뿐이었으리라.

"네네. 안 그러면 어떻게 저랑 똑같을 수가 있어요?"

"이 녀석아, 그건……. 그냥 좀 더 크면 자연스럽게 알 수 있단다. 그건 그렇고, 너 내 방에 놀러 오고 싶다고 했냐?"

"네! 네! 놀러 가고 싶어요. 가도 돼요?"

"좋다! 그러면 놀러 오거라. 별것도 없긴 하지만."

"정말요! 와 신난다! 그러면 저 진짜 놀러 가요?"

은채가 방방 뛰며 좋아라 했다.

"그렇게 좋냐? 퀴퀴하고 냄새나는 할아비 방이?"

"그럼요! 너무너무 좋아요. 저 소파에 앉아 봐도 되죠? 준석이네 놀러 가면 자기 집 소파에 못 앉게 하거든요."

"그래? 이런 나쁜 녀석을 봤나? 소파가 무너지길 한다니, 아니면 찢어지길 한다니? 고약한 놈!"

어느새 은채의 편이 되어 버린 황춘식이었다.

"맞아요. 준석이 얄미워 죽겠어요."

"나중에 아주 할아비가 혼내 주마. 그건 그렇고, 할아비가 병원에 일러둘 테니까 내일모래 놀러 와라."

"네! 네! 꼭 갈게요. 그러면 저 몇 밤 자면 되는 거예요?"

"내일 모래니까, 두 밤 자면 된다."

"야호! 신난다! 할아버지 약속 어기면 안 돼요?"

"예끼 이놈아! 나 황춘식은 단 한 번도 약속을 어긴 적이 없어! 약속은 생명과도 같은 거야."

"아하, 할아버지 이름이 황춘식이시구나?"

"하하하, 그래그래. 내 이름이 황춘식이다. 천하의 황춘식!"

동문서답하는 은채의 말에 그저 웃음으로 답하는 그였다.

황춘식의 병실.

"박 실장아, 얼른 내 방으로 들어온나."

자신의 병실로 돌아온 황춘식이 전화를 걸었다.

지이이잉.

병실 문이 열리고 박 실장이 안으로 들어왔다.

"회장님, 무슨 일이십니까?"

"음, 내일모래 아주 귀한 손님이 올 거니까, 네가 준비를 좀 해 줘야겠다."

"네?? 어떤 손님을 말씀하시는 겁니까?"

가족들마저도 허락 없이는 들이지 말라는 엄명이 떨어졌기에, 박 실장 입장에선 놀라지 않을 수 없었다.

"음, 그렇다면 그런 줄 알지. 네가 언제부터 말대꾸를 했냐?"

"죄송합니다, 회장님."

"흠흠흠, 한 예닐곱 살짜리 꼬마가 올 거니까, 과자랑 장난감이랑 뭐, 애들이 좋아할 만한 걸로 준비해 놔."

"아……. 가족분이십니까?"

"너 지금 나랑 몇 년째 같이 일하는데, 아직도 그걸 몰라? 내 손주 새끼들이 과자랑 장난감 좋아할 나이냐?"

황춘식이 버럭거렸다.

"아아, 죄송합니다."

"맨날 죄송! 죄송! 네 아버지만 아니었으면, 넌 벌써 잘렸어! 하여간, 그 똑똑한 영식이한테서 어떻게 너같이 아둔한

아들이 나왔는지 모르겠다."

"죄송합니다."

"됐고! 아무튼, 귀한 손님이니까 차질 없이 준비해 놔. 거, 뭐냐, 그. 막대 사탕도 좀 사 놔라."

"막대 사탕이요?"

"그래. 그 이름이 뭐시기 추파 어쩌고던데?"

"추파추스요?"

"그래 맞아. 추파추스! 그거 그거 한 1백 개만 사다 놔. 딸기 맛으로! 알았지? 아니다. 한 2백 개 사다 놔라."

"네네. 그런데 요즘 회장님 무슨 좋은 일 있으십니까? 표정이 굉장히 밝아 보이시는데요?"

은채를 맞을 준비에 여념이 없는 황춘식.

최근 들어 이토록 밝아 보이는 그의 표정을 본 적이 없었던 박 실장이었기에 궁금하지 않을 수 없었다.

"신경 꺼라. 넌 네 할 일이나 잘하면 돼."

"아, 네. 죄송합니다. 그나저나 오실 손님이 여자아이입니까? 아니면 남자아입니까?"

"사내 녀석……. 아니지, 아니지. 아주 예쁘게 생긴 여자애야. 그러니까 알아서 준비 잘해."

"네, 알겠습니다. 그러면 차질 없이 준비하도록 하겠습니다."

그날 저녁.

황춘식의 주치의 김윤찬이 그의 병실을 찾았다.

"어르신, 이제 퇴원하시는 게 좋을 것 같습니다. 추가 검사도 아무런 문제가 없으시고, 협심증도 많이 좋아지셔서 굳이 입원할 필요가 없어요."

"아……. 아뇨, 아뇨. 나 퇴원 못 합니다."

김윤찬의 퇴원 제안에 황춘식은 펄쩍 뛰며 이를 거부했다.

"네? 그게 무슨 말씀입니까?"

"퇴원 안 한다고 하잖소. 나 솔직히 요즘 관절도 안 좋고, 사지가 얼얼하게 쑤시는 게 아무래도 뼈가 안 좋은 것 같소. 정형외과 검사를 좀 받아 봐야겠어요."

어떻게 해서든 병원에 머물러 있으려는 황춘식.

"아, 이상하네요. 이미 종합검진 결과 아무런 이상이 없는 걸로 아는데……."

"이상할 거 없다니까 그러네? 당신들 돈 벌기 싫어요? 하루에 입원비를 1천만 원이나 내는데, 그거 하나 내 맘대로 못 하나? 아프다고. 온몸이 쑤시고, 결리고, 당기고 아파. 그러니까 쓸데없이 퇴원이란 말은 입에 담지도 마소."

황춘식이 과하게 역정을 내며 소리를 질렀다.

“아. 예, 뭐 알겠습니다. 뭐 정 그러시다면 정형외과 쪽에 노티하도록 하죠. 직접 진료를 받아 보시는 게 좋을 것 같네요.”

“고럼, 고럼. 당연히 그렇게 해야죠. 아무튼, 내 심장은 아주 끄떡없다는 거죠?”

“네. 관리만 잘하신다면, 크게 문제 될 건 없습니다. 몰래 담배만 피우시지 않는다면.”

뭔가 모든 걸 알고 있다는 듯한 태도의 김윤찬이었다.

“안 피워! 이제부터는 절대로 담배 안 피울 거라고요!”

“후후후, 그러면 지금까진 피우셨단 말이네요?”

“아, 아니, 아니! 무슨 사람이 이렇게 말을 제대로 못 알아들어? 내가 언제 ‘이제부터’라고 했어? 난 기억이 안 나. 지금까지도 안 피웠고, 앞으로도 쭉 안 피웁니다. 됐습니까?”

황춘식이 대충 말을 얼버무리려 했다.

“네, 알겠습니다. 아무튼 경고드리는데, 계속 담배 피우시면, 진짜 병원에 오래 계셔야 할 겁니다. 명심하세요.”

“안 피운다고요! 안 피워! 하여간 별 상관을 다 하네.”

황춘식이 눈썹을 꿈틀거리며 입을 삐죽거렸다.

그리고 마침내 이틀 후.

은채가 놀러 오기로 한 날이 다가왔다.

어린이집을 방불케 하는 장식. 황춘식 병실이 환해졌다.

파스텔 톤의 온갖 장식에 여자아이들이 좋아하는 장난감 그리고 초콜릿, 사탕, 후르츠 칵테일 등등 은채 또래의 꼬마 아이들이 좋아하는 것들로 가득 차 있었다.

마치 어린이날을 맞은 파티 룸 같은 분위기였다.

"박 실장아, 이리 와 봐."

뒷짐을 진 채, 자신의 병실을 둘러보는 황춘식.

그가 박 실장을 보며 어이없는 표정을 지으며 손가락을 까닥거렸다.

"네, 회장님."

'아씨, 뭐가 잘못된 거야?'

잔뜩 겁을 집어먹은 박 실장이 엉거주춤한 자세를 취하며 구시렁거렸다.

"너, 이게 최선이야?"

황춘식이 매섭게 박 실장을 노려봤다.

"죄송합니다, 회장님!"

"누가 이런 짓을 하라고 가르쳐 주던?"

"그, 그게. 제가 아는 게 없어 가지고, 그냥, 뭐. 우리 애랑 친구들한테 물어봤습니다. 인터넷도 좀 찾아보고……. 죄송합니다, 회장님! 처음부터 다시 해 놓겠습니다."

벌겋게 달아오른 박 실장이 떨리는 목소리로 답했다.

"흠흠, 그러니까 애들이 이런 걸 좋아한단 말이지?"

"네에, 제가 알아본 바에 의하면 그렇다고 합니다. 특히 7~8세 여자아이들이 이런 장난감을 선호한다고 해서……."

덜덜덜, 박 실장이 떨리는 손으로 이것저것을 만져 보며 황춘식의 눈치를 살폈다.

"하하하, 잘했어!! 아주 잘했어! 굼벵이도 구르는 재주가 있다더니, 이번에야말로 제대로네?"

갑자기 황춘식이 표정을 바꿔 환하게 웃었다.

"네? 그, 그게 무슨 말씀이신지?"

어리둥절한 표정의 박 실장.

"그럼, 그럼. 이 정도는 되어야 초대할 맛이 나지. 그나저나 추파추스는 어딨어? 딸기 맛!"

황춘식이 두리번거리며 호들갑을 떨었다.

"아, 네. 여기 준비해 뒀습니다."

황춘식의 표정이 밝아지자 그제야 안도의 한숨을 내쉬는 박 실장이었다.

"오케바리! 우리 박 실장이 간만에 내 맘에 쏙 드는구먼. 수고했어. 어떻게 이런 걸 다 생각했어?"

빨주노초파남보 무지개 색깔의 꽃으로 막대 사탕을 장식한 꾸러미를 보자 황춘식이 흐뭇한 미소를 지었다.

"그냥 뭐…… 이런저런 아이디어를 내 봤습니다, 회장님!"

황춘식의 칭찬에 박 실장이 어깨를 으쓱거렸다.

"하하하, 이제야 우리 박 실장이 밥값을 제대로 하는구먼. 잘했어!"

토닥토닥, 황춘식이 박 실장의 어깨를 두드려 주었다.

"감사합니다, 회장님."

"그나저나 박 실장아, 이리 좀 와 봐라."

황춘식이 박 실장을 향해 손가락을 까닥거렸다.

"네, 회장님."

"너, 내 입에서 담배 냄새 나나?"

후우, 황춘식이 박 실장을 향해 숨을 내뱉었다.

"아뇨, 아뇨. 안 납니다. 회장님 담배 끊으셨잖습니까?"

박 실장이 손을 휘저으며 냄새를 맡았다.

"그래? 정말 아무 냄새도 안 나나?"

"그렇습니다. 박하 냄새만 솔솔 나는데요? 뭘 드신 겁니까?"

"그래그래. 원래 나이를 먹을수록 늙은이 냄새가 나면 안 되는 거야. 안 글라?"

"네네, 맞습니다. 진즉에 담배를 끊으셔야 했습니다, 회장님!"

"뭐라? 그러면 지금까지 나한테 늙은이 냄새가 났단 말이야?"

"아, 아닙니다. 그런 게 아니고……."

"하하하. 됐고. 그래도 한 번 더 냄새 좀 맡아 봐라. 속 냄새 같은 게 올라올 수도 있잖아?"

하아, 황춘식이 입을 벌려 크게 숨을 내뱉었다.

"아닙니다. 아무 냄새도 안 납니다. 괜찮습니다, 회장님!"

"좋아! 그러면 내 몸에서 쉰내 같은 거 나나 꼼꼼하게 냄새 좀 맡아 봐."

"네."

킁킁킁, 박 실장이 황춘식의 몸에 코를 박고는 벌름거렸다.

"어때? 꼬질꼬질한 냄새가 나나?"

황춘식이 걱정스러운 표정으로 물었다.

"아니요! 아무 냄새도 나지 않습니다."

"확실해?"

"그렇습니다. 바닐라 향이 좀 나는 것 말고는 아무 냄새도 안 납니다."

"좋았어! 완벽해. 그러면 오늘은 이 방에 아무도 못 들어오게 해라. 대통령이 와도 오늘은 못 들어오니까, 그런 줄 알아!"

짝짝짝, 황춘식이 만족스러운 표정을 지으며 환하게 웃었다.

"네. 알겠습니다, 회장님!"

병실 주위를 살펴보며 흐뭇하게 웃는 황춘식. 그렇게 그가 은채를 맞을 준비를 완벽하게 해 둔 채, 아이가 오기만 손꼽아 기다리고 있었다.

잠시 후.

"회장님, 급히 드릴 말씀이 있습니다."

박 실장이 헐레벌떡 병실 안으로 뛰어 들어왔다.

"뭐야? 은채가 벌써 왔어? 아직 올 시간이 아닌데?"

링거를 맞고 잠들어 있던 황춘식이 벌떡 일어나더니, 시간을 확인하며 화들짝 놀랐다.

"아, 아뇨. 아닙니다. 그게 아니라 부회장님이 회장님을 뵙고 싶다고 찾아오셨습니다."

"뭐라고?? 재현이가 왔다고?"

황재현 부회장, 황춘식의 장남이자 황춘저축은행장이었다.

"네, 그렇습니다. 어떻게 할까요?"

"뭘 어떻게 해? 내가 오늘 박 실장한테 한 말 기억 안 나? 내 방에 아무도 들이지 말라고 했잖아?"

황춘식이 불편한 기색을 숨기지 않았다.

"아니, 그래도 아드님이 걱정되셔서 오신 건데, 어떻게 그냥 빈손으로 가라고 합니까? 회장님."

박 실장 입장에선 어쩔 수 없었다. 지엄하신 회장님을 모시고 있긴 하지만, 황춘 그룹 실세라 할 수 있는 황재현 부회장의 눈치도 봐야 하는 상황일 수밖에 없었다.

"많이 용감해졌다? 너 지금 나한테 엉기는 거냐?"

"아, 아닙니다. 알겠습니다. 죄송합니다, 회장님."

하지만 황춘식의 불호령 한마디면 끝이었다. 제아무리 황재현 부회장이 실세라 할지라도, 황춘식을 넘을 수는 없었으니까.

아니, 그가 살아 있는 한, 황춘식을 뛰어넘는다는 건 불가능했다.

"나 약 먹고 자고 있으니까, 하여간 아무도 들이지 말……."

바로 그때였다.

"아버지, 너무하십니다."

지이이잉.

자동문이 열리고 황재현 부회장이 병실 안으로 들어왔다.

"뭐야? 누구 허락을 받고 여길 기어 들어와, 들어오길?"

황춘식이 아들을 보자 버럭 소리를 질렀다.

"아버지, 자꾸 왜 이러십니까? 그리고 이게 지금 다 뭐예요?"

병실을 살펴보던 황재현이 못마땅한 표정을 지었다.

"보면 몰라? 과자랑 케이크랑 전부 내가 좋아하는 음식들 아니냐!"

"아니, 아버지가 무슨 이런 음식을 드십니까? 단 거라면 학을 떼시는 분이. 평생 사탕 같은 단 음식을 드시는 걸 본 적이 없어요. 제가!"

황재현이 초콜릿, 빵, 케이크 등등 형형색색의 과자들을 가리키며 어이없어했다.

"왜 이놈아! 나 같은 놈은 미군들이 먹다 버린 꿀꿀이 죽이나 먹어야 한다는 거냐? 나도 이제는 벌 만큼 벌었으니까, 이런 맛난 것들 좀 먹어 보련다."

"후우, 도대체 무슨 말씀을 하시는 건지. 건강에 해롭습니다."

"아주 고양이가 쥐 생각 해 주는구나."

"아버지! 정말!"

"왜? 내가 노망이라도 들었을까 봐? 아니지, 내가 차라리 노망들길 바라고 있는 줄도 모르지."

쳇, 황춘식이 황재현에게 눈길조차 주지 않으려 했다.

"어휴, 아버지! 무슨 말씀을 그렇게 하세요? 걱정이 돼서 그런 것 아닙니까?"

"걱정?? 아나 떡이다. 내가 네놈들 속을 모를 줄 알고? 호시탐탐 내 호주머니 털어먹을 생각들뿐 아니냐?"

"아버지, 너무하십니다. 왜 이렇게 제 마음을 몰라주세요."

"모르긴, 너무 알아서 탈이지. 내가 네 시커먼 속을 모를 줄 알고? 할 말 있으면 얼른 하고 썩 꺼져. 곧 있으면 귀한 손님이 올 거니까."

"귀한 손님이라뇨? 누가 오시는데요?"

귀한 손님이란 말에 호기심이 당기나 보다. 황재현이 귀를 쫑긋 세우며 황춘식에게로 다가갔다.

"쯧쯧쯧, 거봐라. 네놈이 그러면 그렇지. 눈 속에 욕심이 그득그득하구나. 네놈이랑은 아무런 상관이 없는 사람이니까 알 거 없어. 빨리 용건이나 말하고 가거라."

"하아, 아버지! 진짜 저 한 번만 도와주십시오. 이대로 가다가는 경영권 방어 못 합니다."

"등신 같은 놈! 그깟 주주들 하나 설득 못 하는 놈이 무슨 장사를 하겠다고!"

황춘식이 못마땅한 표정으로 퉁명스럽게 쏘아붙였다.

"아버지, 제발요! 이번 주주총회에서 대표이사 해임안이 상정되었단 말입니다. 저 이대로 가다가는……."

"내가 생각이 짧았다. 담을 수 없는 그릇에 물을 부었으니 넘칠 수밖에. 아무튼 난 모르는 일이니까, 네놈 재주껏 방어를 하든, 자리에서 물러나든 맘대로 하거라. 내 주머니에서 나올 거라곤 이것뿐이니까."

황춘식이 주머니에서 추파추스 막대 사탕을 꺼내 내보였다.

"이, 이게 뭡니까?"

"눈알이 삐었냐? 딸기 맛 막대 사탕이지. 너도 이거나 먹을래?"

"하아……."

황춘식의 기이한 행동에, 황재현은 그저 허탈한 한숨만 내뱉었다.

"정신 차려. 그저 언 발에 오줌 누기밖에 더 되겠니? 지금 내가 나서서 해결해 준들, 그다음은? 그리고 또 그다음은 어떻게 할래?"

"너무하시네요, 아버지."

황재현이 억울한 듯 아랫입술을 깨물었다.

"얼른 가 봐라. 너 지금 이러고 있을 시간에 주주들 하나라도 더 만나서 설득하는 게 낫지 않니?"

"정말 너무하십니다!"

"너무한 건 너야! 어떻게 아비 등에 이렇게 칼을 꽂을 수가 있는 거냐? 황춘저축은행이 어떤 곳이냐?"

"……."

"내가 뼈를 갈고 살점을 떼어서 만든 내 자식 같은 곳이다! 그런데, 그런 회사를 3년도 안 돼서 이 지경으로 만들어 놔? 그러고도 네가 사람이냐! 당장 나가!"

"그건 제 잘못이 아니라, 금리가 갑자기……."

"시끄러워! 당장 나가라니까! 꼴도 보기 싫으니까!"

"아, 알았습니다. 나가면 되잖아요, 아버지!"

황춘식이 재떨이를 들어 올리려 하자, 황재현이 황급히 일어나 발길을 돌렸다.

'한심한 놈! 네놈 몫은 여기까지다. 그것밖에 안 되는 그릇

이니까.’

육시럴, 죽 쒀서 개 줬어!

그렇게 한바탕 소란이 벌어지고 난 후, 황춘식은 멍하니 하늘을 올려다볼 뿐이었다.

째각째각.

정처 없이 흘러가는 시간. 한 시간, 두 시간 빠르게 흘러가고 있었다.

시시각각 시간을 확인하며 초조한 기색을 보이는 황춘식.

약속한 시각이 다 되어 가는데도 은채의 모습은 보이지 않았다.

결국, 약속 시각인 4시가 넘도록 은채는 황춘식을 찾아오지 않았다.

“박 실장! 이게 어떻게 된 거야?”

황춘식이 초조한 듯 물었다.

“저도 잘 모르겠습니다.”

“제기랄, 은채가 여기 못 찾아오는 거 아냐?”

“아닙니다. 제가 은채 부모님께 자세히 설명해 주었습니다.”

“그런데 왜 안 오는 거야? 혹시 VVIP 병실이라고 출입 통제한 거 아냐?”

“아뇨! 제가 분명히 관계자들에게 설명을 해 뒀습니다. 그럴 리가 없습니다.”

박 실장이 단호하게 고개를 내저었다.

“그런데 왜 안 오는 거야? 시간이 벌써 30분이나 지났는데?”

“죄송합니다. 일단 제가 은채 어머니한테 전화를 걸어 보도록 하겠습니다.”

“그래그래. 빨리해 봐! 얼른!”

“네, 알겠습니다.”

잠시 후, 은채 엄마에게 연락을 취하러 갔던 박 실장이 돌아왔다.

“회장님, 전화를 안 받는데요?”

“뭐라고? 전화를 왜 안 받는데?”

“그걸 제가 어떻게 알겠습니까?”

전화를 안 받는데 무슨 이유가 있겠는가. 분명 틀린 말은 아니었다.

“전화 안 받으면 그냥 이대로 말 거야? 넌 왜 매사 하는 일이 그래? 전화를 안 받으면 무슨 일인지 알아 와야 할 것 아냐?”

“아, 네네, 회장님! 제가 당장 나가서 사정을 알아보도록 하겠습니다!”

황춘식의 호통에 박 실장이 서둘러 병실을 나섰다.

그리고 1시간 후, 박 실장이 헐레벌떡 황춘식에게로 달려왔다.

“회장님, 큰일 났습니다.”

“왜? 무슨 일인데?”

벌떡, 황춘식이 자리에서 일어나 목소리 톤을 높였다.

“은채 양이 지금 중환자실로 들어갔다고 합니다.”

“뭐, 뭐라고??”

깜짝 놀란 황춘식이 자리에서 벌떡 일어났다.

“네. 갑자기 열이 심하게 나고 탈진을 하는 바람에 중환자실로 들어갔다고 합니다.”

“왜? 왜 갑자기 그런 건데?”

“그, 그거야 저도 잘…….”

“뭐야! 알려면 제대로 알아 와야지, 그게 무슨 개뼈다귀 같은 소리야?”

“죄송합니다.”

“됐고! 지금 당장 나가서 그 아이가 어디가 아픈지, 병명은 뭔지, 왜 중환자실에 들어간 건지! 상세하게 알아 와.”

“하아, 회장님, 그건 좀 곤란할 것 같은데요? 환자에 관한 개인 정보라…….”

“몰라. 그런 건 난 모르겠고, 난 은채가 왜 아픈 건지 꼭 알고 싶은데?"

"……네, 알겠습니다. 제가 바로 알아보도록 하겠습니다."

황춘식의 눈빛을 읽은 박 실장이 황급히 밖으로 나갔다.

'이 녀석아, 어디가 아픈 것이냐? 네가 좋아하는 딸기 맛 사탕 잔뜩 사다 놨는데!'

하아, 황춘식이 한숨을 내쉬며 주머니 안 은채가 준 막대 사탕을 꺼내 만지작거렸다.

♥

며칠 후, 소아외과 병동 하늘공원.

황춘식이 수소문 끝에 은채 엄마를 만날 수 있었다.

"안녕하십니까."

평소와는 다르게 은채 엄마에게는 최대한 공손한 태도를 보이는 황춘식이었다.

"네. 안녕하세요, 어르신."

"은채는 좀 어떻습니까? 제가 걱정이 돼서 이렇게 무례하게 뵙자고 했어요."

황춘식의 눈빛에 은채에 대한 걱정이 가득 담겨 있었다.

"네에, 어르신께서 걱정해 주시는 덕분에 많이 좋아졌어요. 신경 써 주셔서 감사합니다."

"다행입니다. 정말 다행이에요."

좋아졌다는 은채 엄마의 말에 황춘식의 표정이 급 밝아졌다.

"네, 중환자실에 들어가면서도 어르신과 만나기로 약속했다고 걱정이 이만저만이 아니었어요."

"아이고, 이 녀석아! 그깟 약속이 뭐가 그렇게 중요하다고!"

"오늘 아침에도 일어나자마자 어르신 걱정이더라고요."

"네에? 무슨 걱정이요?"

"네. 별거는 아니고요, 어르신 담배 끊으셨는지 자기가 직접 확인해야 한다더군요."

은채 엄마가 입가에 희미한 미소를 띠었다.

"저, 진짜 담배 끊었습니다! 이제 담배는 손도 안 대요! 은채한테 나 진짜 이젠 담배 안 피운다고 꼭 좀 말해 주십쇼."

그러자 황춘식이 팔짝팔짝 뛰며 손바닥을 펼쳐 보였다.

"후후후, 네. 알겠어요. 은채한테 그렇게 전하겠습니다. 우리 은채가 괜히 오지랖이 넓어서 그런 거니 너무 신경 쓰지 마세요."

"아닙니다. 이놈의 담배를 끊어야지, 끊어야지 했는데, 이게 말처럼 쉽지 않았어요. 그런데 은채 덕분에 끊었어요. 다신 안 피울랍니다. 담배 끊으니까 몸에서 냄새도 안 나고, 아침에 가래도 안 끓어서 좋더군요."

"잘 생각하셨어요. 건강을 위해서라도 끊으셔야죠."

"맞습니다. 그나저나 정말 은채는 괜찮은 겁니까?"

여전히 걱정이 되는지 황춘식이 심각한 표정으로 물었다.

"네. 한동안 바깥바람을 좀 쐬어서 그런지 폐렴이 심하게 왔네요. 그래도 김윤찬 교수님이 봐 주고 계시니 괜찮을 거예요."

"아이고, 천만다행이군요. 그나저나 은채 어머님, 제가 주제넘지만 뭐 좀 여쭤봐도 되겠습니까?"

황춘식이 은채 엄마의 눈치를 보더니 조심스럽게 입을 열었다.

"네, 편하게 말씀하세요."

"은채가 혹시 무슨 병을 앓고 있는 건가요? 전에 보니까 머리도 짧던데……."

"아……. 네에. 그건 우리 은채가 방사선치료를 자주 받아서 머리가 빠지길래 어쩔 수 없어 잘랐어요."

"아이고, 죄송합니다. 다 늙어서 노망이 났는지 제가 괜한 걸 여쭸나 봅니다. 죄송합니다, 은채 어머님!"

은채 엄마가 머뭇거리자 황춘식이 민망해 어쩔 줄을 몰라 했다.

"아우, 아닙니다. 하루 이틀도 아니고…… 오래된 병이에요. 수모세포종이라고, 선천성 질환입니다."

"수모세포종? 제가 무식해서 그런데 그게 어떤 병……입니까? 심각한 건가요?"

"하아, 저도 잘은 모르지만…… 소아 종양이라고, 머릿속에 혹이 생겼다더군요."

"혹이요? 그, 그러면 암 뭐, 그런 겁니까?"

화들짝 놀란 표정의 황춘식이었다.

"네, 뭐. 비슷한 것 같아요."

은채 엄마가 힘없이 고개를 끄덕거렸다.

"……혹시 수술 같은 걸 해야 하는 건가요? 수술하면 완치는 가능한 겁니까?"

덩달아 황춘식의 표정도 어두워지는 듯했다. 그가 애타는 목소리로 은채 엄마에게 물었다.

"네. 그렇긴 한데, 워낙 종양이 생긴 자리가 위험한 곳이라 쉽게 수술을 할 수가 없다네요. 지금은 약물 치료와 방사선치료만 병행하고 있어요."

"이런, 이런! 엉터리 방터리 같은 병원을 봤나? 국내 최고 병원이라는 곳에서 그런 거 하나 수술을 못 한다고요!"

수술을 못 한다는 말에 황춘식이 카랑카랑한 목소리로 버럭거렸다.

"고정하세요. 의사 선생님들도 최선을 다하고 있으니까요. 병원 문제는 아닙니다."

"아니, 아무리 그래도 그렇지. 대한민국 최고의 의사들이 그깟 머릿속에 난 혹 하나를 못 떼어 내요? 이런 얼어 죽을!"

황춘식이 흥분하며 투덜거렸다.

"걱정해 주셔서 감사합니다. 그나저나 어르신은 어디가 불편하셔서 이렇게 오래 입원을 하고 계신 건가요?"

황춘식이 흥분하자 은채 엄마가 화제를 돌리려 했다.

"나야 나이롱……. 아니, 그냥 심장이 좀 안 좋아서, 치료도 받고 검사도 받으려고 입원했수다."

"아, 그러시군요. 그럼 지금은 괜찮으신 건가요?"

"뭐. 그 뭐시기냐, 은채 폐렴 치료해 준 김윤찬 교수가 죽지는 않는다고 합디다."

"아, 김윤찬 교수님이 주치의신가 보군요."

"네."

"다행이네요. 워낙 유명하신 분이라 이곳저곳에서 환자들이 몰려드는 걸로 아는데, 용케 김 교수님한테 진료받으시는군요."

"뭐. 그렇게 용한 양반인지는 모르겠고, 아무튼 까칠은 합디다. 그건 그렇고, 은채 어머니, 이왕 주제넘은 거, 뭐 하나만 더 여쭤봅시다."

"네? 아, 네. 말씀하세요."

"은채가 그렇게 오랫동안 병원 신세를 졌으면 병원비도 만만치 않을 텐데, 괜찮으십니까?"

"후훗, 그럼요. 괜찮습니다. 그럭저럭 지낼 만은 해요. 걱정 안 하셔도 됩니다."

"아, 네. 다행이네요. 죄송합니다. 제가 도와주지도 못하면서 괜한 걸 물어봐서요."

"아니에요. 그런 말씀 마세요. 그렇게 걱정해 주시는 것만으로도 감사하고 또 감사하죠. 게다가 우리 은채가 어르신을 엄청 따르는 것 같아서 항상 고맙게 생각하고 있습니다."

"은채가요? 저를요?"

콩닥거리는 가슴. 지금까지 단 한 번도 느껴 본 적 없던 따뜻함.

천문학적인 돈이 없었으면 언제 버려져도 버려졌을지 모르는 늙은 육신.

보잘것없는 자신을 따른다는 은채 엄마의 말에 20대 청춘처럼 가슴이 부풀어 오르는 듯했다.

"네. 그럼요! 은채가 요즘 뭘 하는 줄 아세요?"

"네?? 그게 무슨 말씀입니까?"

"어르신 담배 끊게 하겠다고 금연 관련 공부를 다 하더라고요."

"헐헐헐, 그 녀석이요?"

어느새 축 늘어진 황춘식의 눈두덩이가 붉게 물들고 있었다.

"네네, 저도 깜짝 놀랐어요."

"아니, 그 녀석은 다 늙어 빠진 내가 뭐가 좋다고 그런답디까?"

황춘식의 목소리가 메어 있었다.

"글쎄요. 어르신 눈이 송아지 같았다고 하더라고요. 외람된 말씀이지만 엄마 잃은 송아지!"

엄마 잃은 송아지.

분명 틀린 말은 아니었다. 좀 더 정확히 표현하자면 도살장에 끌려가는 황소의 눈빛이 더 어울리겠지.

지금 자신의 재산에 눈이 멀어, 자식들끼리 물고 뜯고 싸우는 상황이었으니까.

"엄마 잃은 송아지라……. 거 참! 우리 은채가 사람 보는 눈이 있구먼."

후우, 한숨을 내뱉으며 하늘을 올려다보는 황춘식의 눈이 한없이 슬퍼 보였다.

윤이나 교수 연구실.

"은채는 좀 어때?"

김윤찬이 윤이나에게 물었다.

"일단 당신 덕분에 폐렴기는 해결이 돼서 큰 문제가 되질 않는데, 전에도 말했듯이 은채 튜머가 자리 잡은 위치가 너무 안 좋아."

윤이나의 표정이 심각했다.

"음, 그러면 어떻게 해야 하나?"

"수술을 하자면 할 순 있을 것 같은데. 위험 부담이 너무 커. 게다가 장기간 병원에 입원하면서 면역력이 너무 떨어져 있거든."

"음, 전신마취도 쉽지 않다는 말로 들리네?"

"응, 쉽지가 않아."

윤이나가 천천히 고개를 끄덕거렸다.

"천하의 윤이나 교수가 너무 약한 모습을 보이는 거 아냐?"

"아니, 현실을 정확하게 직시하자는 거지. 아직 내 실력으로는 역부족이야. 은채 몸을 가지고 실력 테스트를 할 수 없잖아요."

"미안, 그냥 해 본 소리야. 그렇다면 결국 존스홉킨스 말고는 대안이 없다는 소리로 들리는군."

"아무래도 그게 최선일 듯싶은데, 당신도 알다시피 그게 마음처럼 될 수 있는 일이 아니잖아?"

"역시 돈 문제인가? 내가 좀 알아볼까?"

"아니! 그렇게 하지 마. 심장재단 쪽과는 아무런 연관이 없는 거잖아요. 이런 식으로 모든 환자의 일에 관여해서는 안 돼요. 세상에 은채 말고도 절박한 상황에 놓인 환자는 얼마든지 많아요."

"음."

"그런 환자들 전부를 도와줄 순 없는 거잖아요. 심장 쪽 질환을 앓는 환자 중에도 도움을 절실히 필요로 하는 사람들이 많아요. 그러니까 당신은 나서지 마요."

윤이나가 단호하게 김윤찬의 제안을 거절했다.

"어휴, 내가 자기한테 한 방 맞았네? 맞아, 돈이라는 게 참 무서운 거야. 아무튼 우리는 앞으로 돈의 노예로 살진 말자."

"나 돈 같은 거 관심 없어요. 당신이랑 나, 우리 아들! 셋이 누워 잘 수 있는 곳 있고 삼시 세끼 굶지만 않으면 되니까 당신도 돈 앞에서 비굴해지지 마, 절대로."

"알았어! 내가 와이프 하나는 똑소리 나게 잘 얻은 것 같네. 그건 그렇고, 그러면 앞으로 은채는 어떻게 치료할 생각이야?"

"일단, 약물 치료와 방사선치료를 병행하면서 종양 크기가 작아질 때까지 기다려야겠지. 지금은 뇌 신경과 너무 붙어 있어서 수술이 힘들겠지만, 조금만 사이즈가 작아지면 바로 수술할 생각이야. 그때까지 우리 은채가 버텨 주길 바랄 뿐이지."

"그래그래. 당신이 이렇게 온 정성을 기울이고 있으니까, 은채도 곧 좋아질 거야. 나도 도울 일이 있으면 도울게."

"후후후, 고마워요."

하지만 하늘은 김윤찬, 윤이나의 바람을 들어주지 않았다.

은채의 상태는 호전되기는커녕, 급속도로 악화되어 가고 있었다.

종양의 크기가 점점 커져 신경을 압박했고, 그로 인한 고통은 이루 말할 수 없는 상황이었다.

"은채야! 괘, 괜찮아?"

"아아앙, 엄마! 머리가 너무 아파 죽겠어!!"

"으, 은채야, 많이 아파?"

아무것도 해 줄 수 없는 입장의 은채 엄마. 그저 절망적인 표정으로 은채의 손을 잡아 줄 뿐이었다.

"아파. 엄마, 나 아파 죽을 것 같아!"

"조금만, 조금만 참아. 선생님이 곧 안 아프게 해 주실 거야."

하루에도 몇 번씩 극심한 고통을 호소하는 아이. 진통제로 연명할 수밖에 없었고, 일주일이 멀다 하고 소아 중환자실 신세를 면키 어려웠다.

이제는 더 이상 방치할 수 없는 상황. 주치의로서 윤이나의 입장에서도 뭔가 결심을 해야 할 시기가 온 듯했다.

그렇게 은채가 병마와 사투를 벌이고 있는 사이.

황춘식은 자신의 막강한 정보력을 이용해, 은채와 은채 어머니가 놓인 상황에 대해 정확히 알아보고 있었다.

"그러니까, 은채 엄마가 미혼모라는 거지?"

황춘식은 박 실장이 건네준 파일을 넘겨 보며 심각한 표정을 지었다.

"네, 그렇습니다."

"뭐, 가사도우미나 식당에서 허드렛일을 하면서 연명하고 있는 거고?"

"네, 그렇게 확인되었습니다. 병원 측에 알아보니, 병원비가 밀려서 퇴원과 입원을 반복했던 모양입니다."

"흐음, 알았어. 아무튼 박 실장은 이 일에 대해서는 아무것도 모르는 거야, 무덤 속에 들어갈 때까지! 이거는 잘 처리해."

황춘식이 은채 엄마와 관련된 파일을 박 실장에게 넘기며 당부했다.

"네. 물론입니다, 회장님!"

"그리고 지금 당장 김윤찬 교수를 만나 봐야 할 것 같으니까. 당장 전화 좀 넣어 봐. 내가 좀 보자고."

뭔가 결심을 한 듯, 황춘식의 표정이 비장했다.

"네. 알겠습니다, 회장님!"

♥

황춘식의 병실.
황춘식의 호출을 받은 김윤찬이 그의 병실을 찾았다.
"어서 오시오, 김 교수."
황춘식의 목소리가 심각해 보였다.
"네, 어르신. 어디 편찮으신 데가 있으십니까?"
"아닙니다. 이 늙은 몸뚱어리 보이자고 연락드린 것이 아니니까요."
황춘식이 천천히 고개를 내저었다.
"그러면 무슨 일이 있으신 겁니까?"
"그래요. 개인적으로 내가 김 교수한테 물어볼 말이 좀 있소."
황춘식이 자세를 바로잡아 앉았다.
"개인적인 일이라면? 혹시, 아드님들에 관한 사항입니까?"
"아니에요. 그놈들 일에는 아무런 관심이 없습니다. 그런 게 아니라……."
평소와는 다르게 점잖은 말투였다.
"아, 네. 말씀하십시오."

"우선 내가 지금부터 물어보는 말에 솔직하게 답해 줬으면 좋겠구려. 약속해 주실 수 있겠습니까?"

김윤찬을 바라보는 황춘식의 표정이 사뭇 진지했다.

"무슨 말씀을 하시려는 건지 모르겠군요. 일단 들어 보고 결정하겠습니다."

"그래요. 말씀드리리다. 혹시 은채라는 아이를 아시오? 내가 알기로는 김 교수 부인께서 주치의로 있는 아이라고 알고 있소만. 맞습니까?"

경박스러웠던 예전의 말투는 온데간데없는 황춘식이었다.

"네, 그렇습니다. 윤이나 교수가 맡고 있는 환자로 알고 있긴 한데, 그 아이는 왜요?"

황춘식의 입에서 은채 이름이 나올 줄은 상상도 하지 못했기에, 조금은 당황한 표정의 김윤찬이었다.

"그 아이가 많이 아픕니까?"

걱정이 가득한 황춘식의 목소리였다.

"음, 환자에 관한 개인 정보는 제가 말씀드릴 수 없습니다. 죄송합니다, 어르신."

"그래요. 알아요. 법으로 그렇게 되어 있으면 당연히 그래야 합당한 거겠죠. 다만 내가 늘그막에 친구가 하나 생겼는데, 그 친구가 많이 아픈 듯하더군요. 친구로서 도움이 될 만한 일이 있는지 궁금해서 그래요. 내가 김 교수한테 부탁을 좀 하면 안 되겠소?"

연희병원에 입원한 후, 단 한 번도 본 적 없는 황춘식의 진지한 눈빛이었다.

"예? 친구라고요? 지금 은채 그 아이를 말씀하시는 겁니까?"

"그렇소. 그 아이가 날 친구로 생각하는지는 모르겠지만, 나한테 은채는 소중한 친구예요. 이렇게 귀한 선물도 받았는데, 내가 보답을 해야 하지 않겠소?"

황춘식이 주머니에서 막대 사탕을 꺼내 김윤찬에게 내보였다.

"이건 막대 사탕 아닙니까?"

"그래요. 못 먹고 못 입던 시설에 그렇게 미군 지프차를 뒤따라 가면서 하나만 달라고 소리쳤던 그 막대 사탕이오. 그러다 미군이 몇 개 던져 주면 그걸 먹겠다고 그 난리를 쳤더랬죠."

"아, 네."

"서로 먹겠다고 난리를 치다 보면 살점도 뜯기고 물고 할퀴고…… 난장판이었어요. 그 이후로 난 단 거는 입에도 대지 않았답니다."

"그러셨군요."

"그런데 우리 은채가 이걸 내 손에 쥐여 줍디다. 담배 끊으라고. 평생 나한테 담배를 사 준 놈은 있어도 끊으라는 사람은 없었다오."

황춘식의 축 늘어진 눈매에 눈물이 고여 있었다.

"그런 일이 있었군요."

"그렇소. 은채는 나한테는 그 누구보다 소중한 친구예요. 그러니 나도 친구로서 내 역할을 해야 하지 않겠소?"

"네, 무슨 말씀이신지는 충분히 알겠습니다. 다만, 그렇다고 해도 함부로 보호자의 허락 없이 환자의 개인 정보를 유출할 순 없습니다. 제가 은채 부모님과 상의한 후에 다시 말씀드려도 되겠습니까?"

은채와 은채 엄마 입장에서는 나쁠 게 없는 황춘식의 제안.

어쩌면 은채에게 찾아온 마지막 기회이자 기적일 수도 있다는 것이 김윤찬의 생각이었다.

"알겠소. 그러면 나, 우리 김 교수한테 이렇게 진심으로 부탁합니다. 내 소중한 친구를 잃지 않게 도와주시오."

"네. 일단 은채 부모님께 말씀드려 보겠습니다."

"수많은 사람이 내 곁에 왔다 사라졌었소. 어릴 적 깨복쟁이 친구들도 지금은 다 사라졌어요. 나를 인간 황춘식으로 대해 주는 사람은 오직 은채 그 아이뿐이에요. 난 절대로 내 친구를 잃고 싶지 않소. 그러니 김 교수가 나를 좀 도와주시오. 부탁합니다."

황춘식이 김윤찬의 두 손을 꼭 쥐며 눈시울을 붉혔다.

"이봐, 박 실장아."

잠시 후, 김윤찬이 나가자 황춘식이 박 실장을 호출했다.

"네, 회장님!"

"음. 내가 김 교수를 못 믿어서가 아니라 조바심이 나서 그러니, 너는 너대로 은채에 대해서 좀 더 알아봐. 최대한 은밀하게. 김 교수가 다리를 놓아 줄 것 같긴 하지만 혹시 모르는 일이잖니."

"네, 알겠습니다."

이리저리 방 안을 서성이는 황춘식. 은채 걱정에 아무 일도 손에 잡히지 않는 듯 보였다.

소아과 병동 휴게실.

김윤찬은 황춘식으로부터 받은 제안을 들고 은채 엄마를 찾아갔다.

그는 그녀에게 황춘식이 은채를 도와주겠다는 소식을 전달했다.

"아, 그 어르신이 우리 은채를 돕겠다는 겁니까?"

"네, 그렇습니다. 은채에 관한 걸 여쭙길래 일단 어머님부터 만나 뵙고 말씀드리겠다고 했습니다."

"아이고, 고마워라. 그런데 그 어르신이 도대체 어떤 분이

시길래 우리 아이를 돕겠다는 건가요?"

"음, 그냥 뭐, 자세히는 말씀드릴 수 없지만, 많은 걸 가지고 계시지만 또한 많은 걸 잃어버리신 분? 이 정도로 말씀드릴 수밖에 없을 것 같군요."

"아…… 그렇군요. 저는 그냥 평범한 어르신인 줄 알았는데."

"분명 평범하진 않으신 분이죠. 다만, 은채를 위해서 많은 것을 해 주실 수 있는 분이라는 것만큼은 틀림없습니다."

"어휴, 제가 그런 분의 도움을 받아도 될까요?"

"네, 그러셔도 됩니다. 그만큼 은채가 그분한테는 소중한 사람이니까요."

"아무리 그래도, 생면부지인 남한테 도움을 받는다는 것이 영 내키지가 않는군요."

"받으십시오. 그게 금전적인 도움이라고 해도 받으십시오. 그리고 나중에 갚으시면 됩니다."

"저, 정말 그래도 될까요?"

난감한 듯 은채 엄마가 손가락을 꼼지락거렸다.

"우리 은채는 그만한 도움을 받아도 될 만큼 소중한 아이입니다. 일단 은채부터 살려야 하지 않겠습니까?"

"아무리 그래도…… 사람이 염치가 있지, 어떻……."

바로 그때였다.

"은채 엄마! 빨리 들어와 봐요! 아이가 이상해! 얼른!"

쾅, 병실 문을 열고 아주머니가 밖으로 튀어나와 소리쳤다.

"네? 우리 은채가요?"

"그래그래, 얘가 얼굴이 창백해지더니 숨을 못 쉬는 것 같아!"

"선생님!"

"어머니, 너무 걱정 마시고 일단 안으로 들어가시죠."

김윤찬이 은채 엄마와 함께 황급히 병실 안으로 뛰어 들어갔다.

하악하악.

병실로 들어가자 은채가 거친 숨을 몰아쉬고 있었다.

"은채야!"

"잠시만요, 어머니! 제가 볼 테니까 어머님은 여기 계세요."

깜짝 놀란 은채 엄마가 은채에게 달려가려 하자, 김윤찬이 그녀의 팔목을 잡아당겼다.

"은채야……."

"어머니, 절 믿으세요. 제가 볼게요."

김윤찬이 그녀를 진정시킨 후 은채에게 달려갔다.

거친 숨소리, 가슴을 쥐어뜯는 듯한 흉통, 거기에 경정맥 돌출.

김윤찬이 달려가 은채의 목을 확인해 본 결과, 목정맥이 튀어나와 있었다.

"은채야! 괜찮니?"

"하악하악, 가슴이 아파요. 심장이 막 달리기하는 것 같아요."

은채가 식은땀을 흘리며 자신의 가슴을 쥐어뜯었다.

"선생님이 가슴 좀 볼게."

그러자 김윤찬이 은채 상의를 벗겨 내고 왼쪽 가슴을 살펴보았다.

은채의 오른쪽 가슴 부위가 부풀어 올라 있었다. 곧바로 청진기를 꺼내 은채의 가슴에 대 보는 김윤찬.

속이 빈 깡통 소리!

쉐엑쉐엑, 거기다 폐로 공기가 들어가는 소리가 들렸다.

진단은 어렵지 않았다.

텐션 뉴모소락스(긴장성 기흉)!

은채의 병명은 긴장성 기흉이었다.

흉강 내 압력이 증가하여 그 반대로 혈압이 떨어지는 증세.

이대로 놔두면 급성 쇼크가 올 수도 있었다.

진단보다는 치료가 먼저여야 하는 상황.

"교수님, 어떻게 된 건가요?"

그제야 민 간호사가 병실 안으로 들어왔다.

"바늘 감압을 해야 할 것 같아요."

"네, 곧바로 응급실에 연락할게요."

"아뇨. 응급실에 내려갈 시간이 없어요. 지금 당장 감압할 거니까 준비해 주세요."

"네네. 알겠습니다, 교수님!"

그리고 잠시 후, 민 간호사가 트레이에 바늘 감압법을 할 수 있는 장비를 싣고 병실 안으로 들어왔다.

"하악하악, 선생님, 숨을 못 쉬겠어요."

얼굴이 하얗다 못해 푸른빛으로 바뀐 은채가 고통을 호소했다.

"은채야, 괜찮아. 이거 주사 맞는 거보다 쉬운 거야. 선생님이 안 아프게 해 줄게."

"하악하악, 정말요?"

"그럼, 그럼. 우리 은채 조금만 참자? 민 간호사님, 은채 자세 좀 잡아 줘요."

김윤찬이 침대에 딸려 있는 식탁을 내려 테이블 형태로 만들었다.

"은채야, 팔은 테이블 위에 올리고 테이블에 기대서 엎드리면 돼!"

민 간호사가 은채의 몸을 일으켜 엎드린 자세를 취하게 했다.

"하악하악, 이렇게요?"

"그래그래. 우리 은채 정말 잘하네! 곧 괜찮아질 거야."

그렇게 은채에게 자세를 취하게 한 뒤, 부분 마취를 하고는 곧바로 늑막에 손상이 가지 않도록 주의를 기울여 바늘을 찔러 넣었다.

한 치의 오차도 없는 완벽한 시술이었다.

"하아……."

그렇게 천자를 통해 흉강에 쌓인 공기가 빠져나가자 막혔던 숨통이 트였는지 은채가 한숨을 내쉬었다.

"우리 은채 착하네! 다 됐어. 아팠니?"

바늘 감압을 마친 김윤찬이 은채를 보며 미소 지었다.

"아뇨. 선생님이 해 주시니까 하나도 안 아팠어요."

거친 숨소리가 많이 잦아들었고, 얼굴에도 조금씩 홍조를 띠는 은채였다.

"와, 우리 은채 정말 용감하구나. 민 간호사님, 맞죠? 우리 은채 용감하죠?"

"네네, 그럼요! 우리 은채처럼 용감한 아이는 저도 처음인걸요?"

민 간호사가 김윤찬의 말에 호응했다.

"네, 저도 처음 봐요. 우리 은채 드레싱 좀 해 주시고. 천자 한 쪽이 위로 향하게 해서 누워 있게 해 줘요."

"네, 교수님."

"은채야! 괜찮아?"

시술이 다 끝나고 나서야, 은채 엄마가 아이에게 달려갔다.

"엄마! 나 괜찮아. 이제 안 아파!"

"정말이야? 정말 안 아파?"

어느새 얼굴이 백지장처럼 하얗게 변해 버린 은채 엄마였다.

"어머니, 은채 괜찮습니다. 그러니 너무 걱정 마세요."

김윤찬이 손을 덜덜 떨고 있는 은채 엄마를 안심시켰다.

"감사합니다, 교수님! 정말 감사합니다."

연거푸 고개를 숙여 감사를 표하는 은채 엄마였다.

"잠시 밖으로 나가시죠, 어머니."

"아, 네. 알겠습니다."

그렇게 김윤찬이 은채 엄마를 데리고 병실 밖으로 나갔다.

"긴장성 기흉이라고, 은채의 폐를 담고 있는 흉강에 공기가 과도하게 찬 것을 말합니다. 바늘로 공기를 빼냈으니 이제 괜찮을 거예요."

"감사합니다. 정말 감사합니다, 교수님. 우리 은채, 정말로 괜찮은 거 맞지요?"

아직도 진정이 되지 않았는지 은채 엄마의 입술이 파르르 떨렸다.

"네. 괜찮을 겁니다. 너무 걱정 마세요."

"교, 교수님, 저 그거 할게요! 어르신께서 저희 모녀 도와주신다면 무조건 따르겠습니다! 평생 죽을 때까지 그 은혜는 절대로 잊지 않을 테니까, 어떻게든 우리 은채 좀 살려 주세요! 네?"

흑흑흑, 은채 엄마가 흐느끼며 김윤찬의 팔에 매달렸다.

다음 권으로 이어집니다

악가의 무신

서준백 신무협 장편소설

『빙의검신』의 작가 '서준백'
그가 써 내려가는 진정한 협의 가치!

정파의 거두 태양무신이 목숨을 바쳐 지켜 낸 강호
하지만 그가 남긴 유산들로 인해
무림은 다시금 혼란에 빠지는데……

태양무신의 유산을 완성하는 자,
천하를 오시하리라.

혈란이 종결되고 17년 후,
신의가 사라진 무림 한구석

"……망할 개잡놈들!"

태양무신 천휘성,
산동악가의 장손 악운으로 눈뜨다!

태양무신의 유신을 회수하여
야망에 물든 자들의 시대를 끝장내라!

ROK
MEDIA
로크미디어